W9-CUQ-856

EL PROFETA

EL PROFETA

Gibrán Jalil Gibrán

toExcel

San Jose New York Lincoln Shanghai

El Profeta

This edition republished by arrangement with toExcel Press,
an imprint of iUniverse.com, Inc.

For information address:
iUniverse.com, Inc.
620 North 48th Street
Suite 201
Lincoln, NE 68504-3467
www.iUniverse.com

ISBN: 1-58348-791-3

Printed in the United States of America

ÍNDICE

NOTA A LA PRESENTE EDICIÓN

Hay algo más leve que el pensamiento, y sin embargo más constante y atemporal: el arte. Hay pensadores inmortales, pero, sin embargo, casi todos los artistas lo son. Pueden pasar las modas y los gustos de una época y de unas gentes, pero la obra de arte, cuando lo es, siempre pervive. Incluso puede carecer de sentido el pensamiento que la cimentara, pero no el espíritu que le diera vida y forma a su arquitectura.

El galopante discurrir de una generación a otra demuestra, en las postrimerías del siglo XX, la fugacidad de los valores absolutos, de la ética absoluta y de la ciencia absoluta. En plena era del relativismo cultural, Occidente es un Saturno furioso e insaciable. Todo cuanto llega a nuestras manos es inmediatamente consumido y desechado, sin apenas haber tenido tiempo pra digerirlo. Cómo es posible, nos preguntamos, que aún sobrevivan en la memoria los clásicos. Qué sin-sentido hay para que las obras, como la que encierra el presente libro, continúen siendo editadas año tras año y, lo que es más importante, continúen siendo leídas generación tras generación. Y es que cada generación se lee a sí misma. En ello, quizá, esté la clave que explique

9

la vigencia del arte, y más concretamente, de una literatura como la de este poeta libanés que, indudablemente, es hoy uno de los grandes clásicos universales.

Muchas han sido las ediciones que en distintas lenguas se han venido haciendo desde que Jalil Gibrán diera por concluida en 1923 la versión definitiva de El Profeta. Versión definitiva que, si bien apareció en inglés, nos consta que al menos hubo cinco redacciones previas en árabe.

En esta versión hemos tenido presente la edición inglesa así como la traducción árabe de Antonius Bachir. Si la una nos daba la forma original, la otra nos ofrecía la posibilidad de completar la comprensión de un texto híbrido, producto de la identidad de un autor en el que conviven y se mezclan dos mundos y dos culturas: Oriente y Occidente.

En la medida de lo posible hemos tratado de atender el ritmo poético que en la prosa de Gibrán, y más concretamente en El Profeta, es constante. Gran parte del valor de esta obra no se reduce al pensamiento que en ella hay, ni a la originalidad de los postulados que en la voz de Almustafá expresa Jalil Gibrán; por el contrario, la belleza plástica de las imágenes, lo sorprendente de las mismas y la musicalidad de sus palabras son los rasgos más destacados del libro.

Pero, por desgracia, la poesía es intraducible, y el tono que rezuma El Profeta lo convierten en poesía. La fidelidad al texto nos ha impdido rescatar en español la belleza literaria de algunos de los fragmentos de mayor intensidad artística. Es esa levedad, ya aludida, del arte respecto al pensamiento, lo que ha hecho que éste predomine. Valga todo esto como excusa, mas no como pretexto.

PRÓLOGO DE

EL PROFETA

de
Gibrán Jalil Gibrán*

---

* La transcripción correcta, según la revista «Al-Andalus», sería Ÿbrān Jalī/ Ŷbrān, pero para facilitar la lectura no especializada hemos preferido modificar los signos convencionales a fin de que haya una mayor similitud fonética, criterio que hemos mantenido con las restantes transcripciones.

INTRODUCCIÓN

Hay quien pregunta si es muy antiguo este autor, Jalil Gibrán. Y sí, ciertamente lo es. También he oído preguntar si es nuevo ese autor, e igualmente la respuesta es afirmativa. No se trata de un juego de paradojas sino de una realidad atemporal. Es un clásico, o al menos esa etiqueta es ineludible, pero de tan usada comienza a no ser suficiente. Autor y obra, Gibrán y Almustafá, por supuesto que tienen fronteras y edad. Una edad relativa y una edad absoluta, una frontera espacial y una frontera desbordada. El oficio y la misión de estas páginas es el de hacer referencia a las unas, relativas y espaciales, sobre las otras, absolutas y desbordadas, a ti lector, y a la historia competen. Cada libro es una especie de caja de Pandora y sólo en quien lo abre está la culpa y el mérito.

Una última advertencia preliminar: sólo hay dos modos de leer El Profeta: *con los ojos abiertos y con los ojos cerrados. No caben términos medios. Quizá nadie llegue a saber cuál es el peso de este pequeño volumen que ahora tienes entre tus manos, pero si preguntas encontrarás que para algunos supone muchas bibliotecas, mientras que para otros no es nada más que una nueva cita más o menos vistosa. En esto está la diferencia entre esos dos modos de lectura. Por desgracia, cuanto más sabemos peor leemos y más legañas enturbian nuestra comprensión.*

Marco histórico

El enfoque científico de la crítica literaria tiende desde las últimas décadas a balancearse en múltiples direcciones sin tomar un asiento definitivo. El problema de las ideologías entra en juego con excesiva frecuencia dando al traste con cualquier intento de fijación absoluta. Demasiadas son las voces que se lamentan de esta situación tratando en vano de hallar el remedio infalible que sane y enderece esta bisoña disciplina. Por suerte, aún no ha sido posible dar con la fórmula mágica y así parece que seguirá siendo por mucho tiempo, o al menos, hasta que los hombres y las sociedades sean otra cosa.

El materialismo histórico fue uno de los tantos cauces cuya repercusión sobre el arte mostró nuevos elementos positivos para la visión del mismo. Es insuficiente, eso está claro, pero al menos es una buena prótesis para comenzar a caminar.

Gibrán Jalil Gibrán es un escritor y pintor de origen libanés. Nació en las postrimerías de 1883, época en la que todavía y por algún tiempo la «Gran Siria» pertenecía al dominio otomano. Aún restaban algunos años para que aquel mastodóntico imperio se derrumbara definitivamente y sólo los intereses occidentales y la rutina podían apuntalar la débil estructura de aquel enorme edificio, absolutamente desfasado. La vida de la «Gran Puerta» —Estambul— no era más que el indicio de los últimos estertores del «modo de producción expansionista», totalmente derrotado por las nuevas formas de vida y de organización que florecieron con la Revolución Industrial. Física y mili-

14

tarmente, Estambul había quedado relegada a sus fronteras. La obtención de riquezas mediante la expansión y conquista de nuevos territorios o las simples incursiones esporádicas ya no era posible; la tecnología aplicada a la guerra había impuesto su coto de veda sobre el sistema otomano. Las repercusiones inmediatas no se hicieron sentir, pero a la postre todo concluyó con una recesión interior, en la miseria y en un estado de injusticia, opresión y explotación de las regiones que aún continuaban bajo su dominio.

Este era el caso de la mayor parte de los países árabes y concretamente del Líbano, tierra natal y de origen de la familia de Gibrán. Bajo las circunstancias descritas, el «modo de producción expansionista» dio un último subproducto en forma de emigración. Gran parte del contingente humano, desprovisto de un mínimo de recursos para sobrevivir, se vio obligado a emigrar hacia zonas más industrializadas con la esperanza y la promesa de mejorar su vida y la de aquellos familiares que se quedaban. Este fue el caso de la familia de Jalil Gibrán y esta es la causa, como veremos, de que en este autor convivan dos mundos o dos sensibilidades.

Aunque una lectura aislada de uno cualquiera de sus libros no nos habla de todo esto, tenerlo en cuenta siempre nos ayudará a comprender algunas de las hondas referencias de un espíritu lleno de tribulaciones donde el desarraigo y la añoranza nos asaltan inesperadamente.

Todas estas referencias han sido directamente vinculadas a Jalil Gibrán, pero no sólo fue en él donde las circunstancias históricas y materiales repercutieron de modo especial. Fue en general, sobre todo el mundo árabe, un mundo en el que la miseria presente se vio contrastada con las nuevas y ricas naciones occidentales y con su propia historia pasada, de la que la tradición y los libros hablaban de gloria y esplendor. Aún a finales del siglo XIX permanecían bajo el yugo otomano y el lastre sedentario de una oligarquía extranjera e inmovilista.

Quizá sea desde la entrada de Napoleón en Egipto desde cuando podemos rastrear con más facilidad el resurgir de una conciencia de identidad y lucha. Por ese entonces Occidente servía como imán; un imán que atraía o repelía las mentes de unas nuevas generaciones dispuestas a recuperar la libertad y la autoestima. El contraste y la influencia beneficiosa o nociva de Occidente no fue el único detonante del mundo árabe. En la propia historia y en la religión había elementos muy potentes para subvertir el orden de una realidad que aún permanecía aletargada, pero que empezaba a dar muestras de inquietud. Todo esto es lo que dio origen a lo que se ha venido a denominar «Nahda» o Renacimiento, un renacer que afectó en todos y cada uno de los ámbitos de la realidad de aquellas tierras. Sin embargo, el proceso ha sido lento y aún hoy continúa. Una vez obtenida la independencia, aún queda mucho camino y no a todos los países árabes les ha caído ese maná subterráneo con el que construir unas economías, aunque para algunos ficticias, con las que abordar el futuro.

En otro orden de cosas, la inestabilidad política es una rémora que en algunos casos, como el libanés, parecen imposibles de remontar. Intereses y viejas rencillas entorpecen un auténtico renacimiento por el que, entre otros, tiempo atrás, soñara y luchara Jalil Gibrán.

MARCO LITERARIO

Para la misma crítica literaria a la que ya aludíamos es conveniente ver la obra de un autor en el conjunto de su época y en las corrientes literarias y de pensamiento en la que parece inscribirse. Si tenemos presente el marco histórico al que acabamos de hacer referencia, nos será más fácil comprender por qué en unas fechas determinadas es escrito y publicado un libro de las características de El Profeta.

El Renacimiento Árabe, la Nahda, tuvo una mayor incidencia en el mundo creativo y literario. Desde nuestro punto de vista fueron cuatro las razones que impulsaron de manera muy especial el nacimiento de una literatura neoárabe. Veamos este cuarteto, Aunque no por orden de importancia:

A) La emigración. *Un nutrido grupo de escritores árabes confluyeron por distintos motivos, fundamentalmente económicos y políticos, en tierras extranjeras, en su mayoría países occidentales como Estados Unidos. El choque y contraste de culturas influyó marcadamente en un considerable número de escritores jóvenes, algunos de los cuales, incluso, adoptó además del árabe otra lengua como vehículo de comunicación; es el caso de Gibrán. El desarrollo de esta literatura es muy interesante para el resto de la literatura neoárabe. Fue conocida como literatura de la emigración o, empleando la palabra árabe, «Mahyar».*

Casi todo el Mahyar se localiza en tierras americanas. Caracterizándose dos grupos muy definidos. Quizá el de más repercusión e importancia sea el «Septentrional» y concretamente el que se desenvuelve en Estados Unidos en torno a la «Ar-Rabita al-Qalamiyya» o «Liga Literaria», siendo Gibrán Jalil uno de sus más destacados adalides y fundadores. De aquel nutrido grupo de escritores cabría mencionar también a personajes como Abu-Madi, Mija'il Na'ima, Amín ar-Rihani, Rashid' Ayyub o Nasib 'Arida.

El otro epicentro creativo se desplaza más al Sur; es el «Mahyar Meridional» afincado en tierras latinoamericanas

17

en torno a la «Liga Andalusí» o «al-Usba al-Andalusiy-ya». Menos importante. quizá, que el anterior pero que trata de entroncar con la literatura andalusí y que conecta con el movimiento iberoamericano.

En ambos casos, Norte y Sur, surge una literatura abierta a otras influencias y con el tema común de la nostalgia y el desarraigamiento. El anhelo común de volver algún día a sus tierras de origen y la conciencia de una necesidad de renovación hacen que el mundo literario árabe abra sus puertas al siglo XX bajo un nuevo impulso humano y creativo venido del otro lado del océano.

B) La relectura de los clásicos. *Paralelamente al sentimiento de independencia y a un mayor auge de la conciencia nacional, la relectura y reedición de clásicos árabes es un instrumento más para la autodefinición. La propia literatura, en cierto sentido, se convierte en un instrumento de lucha y a ésta se dedican muchas de las mentes más prestigiosas del mundo árabe. En este sentido, valga sólo como ejemplo la figura de Taha Husayn.*

En este punto debemos tener en cuenta al peso de un libro que para los musulmanes es mucho más que la primera y gran cumbre de la literatura escrita en árabe: el Corán. El renovado estudio del Libro Sagrado y de su interpretación fue a finales del siglo XIX y principios del XX uno de los pilares de la nueva conciencia para las tierras árabes. Gran número de los movimientos y proyectos de futuro que se gestaron tomaron como aval de su lucha la «La Tradición» y el Corán.

C) Las traducciones. *Todas las culturas que se han cerrado sobre sus fronteras han ido pereciendo. Desde el siglo VIII en el mundo árabe se ha ido produciendo un fenómeno muy curioso. El celo y la atención de algunos monarcas y gobernadores de las zonas árabes por el desarrollo tecnológico*

18

de los países occidentales dio lugar a un intento de aperturismo representado fundamentalmente por las embajadas culturales, como en el caso del Egipto de Muhammad Ali. Algunos estudiantes eran becados para concluir sus estudios en universidades como la Sorbona de París. La intención era la de crear especialistas e ingenieros capaces de ayudar en la modernización técnica del país. Sin embargo, con aquellas misiones se logró fundamentalmente una interrelación cultural, ya que con aquellos estudiantes muchas de las obras occidentales pudieron ser vertidas al árabe. El conocimiento de un nuevo mundo de ideas y estéticas fue una de las tantas puertas que colaboraron con el renacimiento literario árabe.

D) Los vehículos de comunicación de masas. *El desarrollo y la paulatina importancia que fue cobrando en el mundo árabe la prensa diaria exigió un gran esfuerzo de adaptación de los hombres que en ella colaboraban y de agilización de la lengua árabe, anquilosada en la dura retórica a la que el estancamiento cultural la había relegado. Como instrumento vivo de la vida cotidiana, el lenguaje de la prensa hubo de buscar una mayor viveza y deshacerse de la difícil sintaxis y del enorme léxico que posee la lengua árabe para una mejor y más directa comprensión. A esto se le sumaba el problema de los distintos dialectos y de las variedades locales. Fue entonces cuando surgió «la lengua de los periódicos» (al-lugat al-Yara'id) que en la simplificación encontró un camino hacia la evolución, si bien en cierto sentido significó un relativo empobrecimiento del idioma y la aparición caprichosa de ciertos modismos totalmente ajenos a la koré lingüística del árabe clásico.*

En pleno hervidero de transformación y de cambios surge la obra de Jalil Gibrán. Su aportación a este renacer cultural fue similar a la de tantos otros autores que durante aquellos decenios trabajaron con la lengua de sus antepasados. Aunque

19

hay que reconocer que una parte muy importante de sus libros fueron redactados para la imprenta en inglés, en cierto sentido incluso éstos sintieron el enorme influjo de un sistema de pensamiento y de percepción que sólo la lengua materna da. En definitiva, la «Nahda» no fue algo caprichoso y esporádico. En el Renacimiento literario árabe han participado factores de muy diversa índole, factores que con más o menos intensidad han intervenido en la formación y madurez de un escritor que por encima de su tiempo y de su origen y circunstancias se ha convertido en una de las figuras cumbres de la literatura universal.

VIDA Y OBRA

Tradicionalmente ha predominado la concepción de la literatura como un conjunto de fechas y de obras de modo exhaustivo sobre un autor y su obra. La «ejemplofilia» ha sido otro de los peligros en los que frecuentemente cayeron los historiógrafos de la literatura, tanto en un sentido positivo como negativo. Generalmente la vida de los escritores suele ser bastante rutinaria y aburrida, sin embargo, pese a esto, los mitos nunca han escaseado. Sus grandes virtudes humanas y su sensibilidad artística han sido y son ponderados hasta límites inauditos por algunos de sus biógrafos. En el caso de la biografía de Jalil Gibrán que escribiera su amigo y compañero literario, Mija'il Na'ima, es excusable, pues además de ser el primero en hablar sobre el autor de El Profeta, le unían vínculos afectivos más profundos.

En los demás casos Gibrán sigue siendo presentado como un gran «santón» o «místico» hacia el que acuden los fieles devotos de su existencia tratando de novelar donde la prosa es árida y común. Algo muy similar ocurre con Federico García Lorca, por buscar una comparación más próxima en la literatura hispana. Por lo que a nosotros respecta nos absten-

dremos de incurrir en el mismo error, aunque no por ello se nos hace imprescindible hacer alguna alusión necesaria sobre ciertos datos bio-bibliográficos de Gibrán.

Para hablar de la vida de Gibrán, por lo tanto, con la tabla cronológica que al final del libro presentamos puede ser suficiente. En ella observamos las fechas en las que se encuadra el periplo por el mundo, el contexto social e histórico del que es portador y la reafirmación de aquello que ya sabíamos: el encuentro con un creador, un artista de una indudable calidad y en el que los hitos más importantes de su vida son fundamentalmente sus creaciones.

La crítica general de Gibrán, basándose en la distinción cronológica y temática que señala Lecerf, define básicamente toda la creación de este poeta de la imagen visual y sonora en dos períodos claramente diferenciados:

Un primer momento que culminaría con sus veinticinco años, aproximadamente, en el que su trabajo estaría de forma más directamente vinculado con la preocupación social y en el que todas sus publicaciones aparecen en árabe. A éste le seguiría un segundo período de mayor madurez y donde el elemento «metafísico» cobra clara importancia. Este segundo momento corresponde con la publicación de sus obras en inglés.

Hablar del primer Gibrán obliga a replantear algunas de las cuestiones que ya hemos mencionado líneas más arriba al tratar el tema del porqué del renacer de la literatura árabe en este siglo. Jalil Gibrán es uno de entre los numerosos jóvenes árabes educados dentro de la estricta tradición y conocedor del esplendor histórico y cultural de su pueblo, aunque sin embargo comprueban la trágica miseria de una realidad paradógica con el pasado que le han enseñado y con el futuro de otras naciones a las que la pobreza o la estrechez les han obligado como destino de sus vidas.

Concretamente la familia de Gibrán emigrará a Estados Unidos y en las grandes urbes americanas (Boston, Nueva

York) es donde Jalil iniciará su andadura universal. Aunque los años de Dar al-Hikma y su primera infancia en la aldea libanesa de Bicharri van a aparecer como telón de fondo ineludible en la mayor parte de sus obras. La herencia genética de los parajes míticos de sus antepasados junto al receptor ambiente cultural de Occidente, y concretamente de la vasta nación que aún jóven crecía a pasos agigantados con sangre de todo el globo, son los dos ingredientes básicos en la paleta cromática con la que Gibrán ensaya un nuevo curso para una expresividad desbordante en sus primeras exposiciones y publicaciones.

El tono lírico, cuando menos, revestido de un lenguaje cargado de referencias místicas o «trascendentes» está presente en prácticamente toda su producción. Pero, como hemos dicho ya, el planteamiento social y reivindicativo del ser humano será el elemento más destacado de esta primera etapa. Siempre como fondo predominará la realidad personal y colectiva de su pueblo, de los problemas y de la necesidad de regeneración de sus gentes y de su tierra.

Así, en las Las ninfas de los valles *y en* Espíritus rebeldes *predomina un tono de denuncia contra la Iglesia y el Estado, contra la falsa religiosidad que crea fronteras, abogando por un nuevo tipo de espiritualidad y convivencia más allá de las barreras ideológicas y de credo. Éstas son las palabras de Jalil, el héroe de* Espíritus rebeldes:

> «*Por su perversidad nosotros estamos escindidos... armaron a los drusos para que pelearan con los árabes... alentaron a los musulmanes para que libraran su disputa con los cristianos. ¿Hasta cuándo deberán seguir matándose entre hermanos sobre el pecho mismo de sus madres? ¿Hasta cuándo permanecerá la Cruz alejada del Creciente en el reino de Dios? Oh, Libertad, óyenos...*»

22

Estas palabras de la primera década del siglo XX cobran dramáticamente hoy su más cáustica realidad en las informaciones que la prensa diaria ofrece sobre el Líbano; un problema que parece no tener fin.

Esta actitud le valdrá el calificativo de «rebelde» y «revolucionario» y sus obras serán tomadas con recelo en los ambientes más tradicionales y conservadores del mundo árabe. Sin embargo, a partir de 1908 se inicia una segunda fase en su producción, adquiriendo su obra nuevos matices temáticos y formales como consecuencia de una evolución progresiva hacia una madurez estilística y de pensamiento y al contacto que tiene con la cultura europea.

Es desde París donde Gibrán entrará en pleno conocimiento de la literatura europea y especialmente con la poesía de William Blake, cuya influencia será decisiva en sus posteriores escritos. Así, por ejemplo, el título del libro de Gibrán Lágrimas y sonrisas *se corresponde con el título de un poema de Blake. El lenguaje profético del poeta inglés se infiltra en los recursos estilísticos gibraníes permaneciendo en todas sus obras posteriores, como* Arena y espuma, *donde la similitud con Blake seguirá siendo muy marcada. No en vano Rodin llamó a Jalil Gibrán «el William Blake del siglo XX».*

Es curioso observar cómo pese a que Gibrán aparece en el epicentro de los movimientos de vanguardia en las fechas de mayor ebullición, éstos no ejercerán ninguna influencia ni en su obra pictórica ni en su obra escrita. No obstante, más decisivo será para Jalil el contacto con la filosofía alemana, y más concretamente con Nietzsche en Así habló Zaratustra, *aunque no tan determinante como el influjo que recibiera de Blake. Gibrán nunca llegó a creer en el «Superhombre», aunque sí en la regeneración humana a través de una nueva espiritualidad.*

A partir de esta breve transición por París y de una más breve aún estancia en Londres, donde se fraguaron miles de proyectos en la mente del joven libanés, la actividad pictórica y literaria de Gibrán se intensifica. Una asociación literaria y la creación de una revista en Estados Unidos son dos de los objetivos más inmediatos a su regreso. Además queda en preparación un ambicioso proyecto de construcción común para musulmanes y cristianos que sirva como símbolo de unidad y de hermandad, el edificio de la ópera de Beirut. Ya de vuelta se sucedieron diversas exposiciones de sus cuadros y comienza a publicar sus primeras obras en inglés. No nos preguntemos el porqué de este último cambio del árabe al inglés, quizá sólo fuera porque en esta última lengua encontrara una mayor facilidad para su publicación y difusión, o simplemente como modo de hacer frente a una realidad material que se le imponía, ya que por desgracia Gibrán era un extranjero, un extranjero en su tierra y en la de su origen.

El nuevo carácter más metafísico y reflexivo de estas nuevas obras en inglés será lo que caracterice la más auténtica creación de Gibrán, su originalidad y su afamado reconocimiento. De este período, entre otras, data la obra del presente volumen, El Profeta, *su obra más importante. De todo aquel conjunto de libros escritos en inglés originalmente hay que decir que en sus estructuras profundas y en su imaginería estilística y formal subyace el elemento lingüístico y cultural de su patria de nacimiento, no únicamente en los nombres y parajes con sabor oriental en el que se suceden muchas de sus páginas, sino en la propia idiosincrasia de su identidad desarraigada y consciente de un fondo cultural que le ha sido legado desde muy antiguo y, por lo tanto, mucho más valioso para quien como él trata de construir desde la distancia por y para ese cercano y profundo universo que se encierra en el ser humano.*

Los últimos años de vida de Gibrán fueron de continua convalecencia y trabajo hasta su muerte final; descrita en su autopsia como «cirrosis hepática con una incipiente tuberculosis en uno de sus pulmones». Sus restos mortales fueron

24

trasladados años después junto a su aldea natal, descansando en el monasterio de Mar Sarkis, al pie de los legendarios «cedros sagrados del Líbano». El recibimiento apoteósico y las reediciones continuas de sus libros son otro de los datos que constatan su permanencia, en especial la universal acogida de este pequeño librito, El Profeta, *que iniciara una trilogía junto a* El jardín del Profeta *y que quedara inacabada por su mano de escritor con* La muerte del Profeta, *último libro que no llegó a escribir aunque quedó concluido con su propia vida; pues en definitiva algo o mucho hay y hubo del profeta Almustafá en la vida y muerte de su creador, Jalil Gibrán.*

EL PROFETA
(Estructura y connotación)

Veintiocho son los capítulos o fragmentos del discurso de El Profeta. *Su división corresponde a un tratamiento completo de un tema, a una visión cerrada de cada uno de los asuntos que la voz y el pensamiento de Almustafá, el profeta, va dictando a su corazón y a las gentes que le rodean. Esta es la hilazón fundamental de todo el libro. Sin embargo, además de esta estructura externa y superficial en la que se van enlazando cada una de las partes en el todo abierto de la obra, existe un hilo aún más sutil que es quien realmente conduce al lector por cada una de las páginas del libro hasta el final. Este hilo no es otro que el pensamiento, la filosofía y esa plástica verbal con la que Gibrán ilumina cada una de las recónditas intuiciones de su global visión del universo humano.*

Aparentemente y en realidad no hay ninguna dificultad para expresar en pocas palabras qué es lo que allí sucede: El 7 de septiembre llega a la ciudad de Orfalese el barco que ha de devolver a su tierra a Almustafá, el profeta;

toda la gente de la ciudad se reúne a su alrededor para despedirle, pues ha convivido con ellos durante doce años. Esta es la excusa para insertar el discurso del profeta. Finalmente el barco se echa a la mar.

Si continuamos por los derroteros externos de la obra, vemos que la escenografía de la misma se localiza en tres puntos o lugares, que a fin de cuentas no son más que el símbolo de un mensaje constituido por el pensamiento del profeta, y que además queda desarrollado en sus palabras ante las gentes de Orfalese.

En primer lugar hallamos al profeta en soledad, sobre «la cima de la colina», fuera de los muros de la ciudad». Es el pensamiento místico del hombre que ha ido ascendiendo en solitario hasta alcanzar la cima de su conocimiento. Desde lo alto puede contemplar la ciudad y la naturaleza, es decir, la condición humana y el discurrir de las cosas y de él mismo: «y clavó su profunda mirada mar adentro; y contempló su barco surcando la neblina». Es el barco que le va llevar a su tierra de origen, a sus raíces. No es más que la alegoría de un espíritu humano y desde ella «las puertas de su corazón se abrieron de golpe, y el regocijo de su espíritu se desató sobre la mar».

La condición de extranjero de Gibrán queda patente, pero también la de su existencia desarraigada. El descenso de la colina es la amarga toma de conciencia ante la realidad que le lleva a los otros y al mundo. En el camino de regreso se acercan a él, abandonando sus labores y quehaceres, las gentes de Orfalese, y juntos entran en la ciudad. El carácter simbólico de todo este pasaje no da lugar a dudas. El nos lleva por una vertiente al recuerdo de Zaratustra, cuando escapa a la soledad para después volver a las gentes, y por la otra a una larga tradición mística o sofismo que se entronca con las más antiguas tradiciones orientales.

26

La situación espacial primera, en definitiva, es la menos importante del libro, además de la más breve. El segundo marco en el que se sitúa prácticamente toda la obra es el que más relación puede tener con el pensamiento gibraní. Tras bajar de la colina, Almustafá entra como hemos dicho en la ciudad, una ciudad que desconocemos pero que trae a nosotros la remenbranza de legendarias ciudades del Oriente Próximo y su sonido se nos antoja como el eco de pasados recintos babilónicos. La multitud se dirige a la gran plaza y se detiene ante el templo. Este es el escenario fundamental en el que podemos imaginar el discurso del profeta. Igualmente aquí, el significante, el símbolo espacial o el recurso narrativo, están cargados plenamente de significaciones, que son algo más que la mera descripción de un lugar elegido al azar. Gibrán ha elegido el umbral del templo, no éste ni cualquier otro paraje. Casi se puede decir que ni dentro ni fuera. Sus palabras están destinadas a los hombres, el templo a la oración. Pero en ambos casos, lo uno y lo otro se hallan sumamente cerca. A la idea de separación se refuerza el sentido de cercanía, de no alejamiento. Esta es la idea escenográfica que puede subyacer en la presentación del personaje y de sus palabras. En este sentido nos sitúa entre el punto intermedio, de duro y difícil equilibrio, un punto de conexión precisamente en el mismo umbral en el que Almustafá, El Elegido, congrega a las gentes de Orfalese. Con maestría Gibrán, un «maronita-islámico», nos sitúa ante el punto de ruptura del Islam y del Cristianismo. Para el musulmán la mezquita ni es el único lugar de culto ni sólo está destinada a la oración; su concepto de lo que es religión es bastante más global de lo que nosotros entendemos. Por otro lado, para el cristiano, la Iglesia ha repetido insistentemente las palabras de Pablo de Tarsos: «Dad a Dios lo que es de Dios y al César lo que es del César», este concepto divide lo religioso de lo laico, lo profano de lo sagrado y el templo de la calle. Sólo hay un punto intermedio donde todos pueden coincidir y es precisamente ahí donde nos sitúa Gibrán, consciente o inconsciente, pero ahí, en esa intersección por la que soñó y luchó hasta su muerte.

El último espacio para las palabras del profeta es el lugar de la despedida, junto al barco que le ha de llevar a la tierra de sus orígenes. ¿Es o no es —nos preguntamos— una nueva alegoría de la propia existencia y anhelos de Jalil Gibrán? El símil es muy fácil; un océano y un mar lo separaban de su tierra, pero era otro mar el que el profeta ha de cruzar, el mar de la ausencia de la palabra, cuando ya su discurso está concluido y en su lejanía guarda la esperanza de que algún poso quedará de todo cuanto quiso decirnos. Gibrán tenía el proyecto de volver con dos libros más, sin embargo, el mar de la enfermedad truncó sus esperanzas. Su amiga y compañera, Barbara Young, completó con los apuntes y anotaciones de Gibrán el segundo libro, El jardín del Profeta, *en el vergel de su casa natal. Sobre el tercero, ningún espacio queda, quizá la tumba del propio autor en el monasterio de Mar Sarkis.*

Como podemos ver, la topografía del libro es lo más simple y aparentemente desposeído de valor. Es en sí un recurso para despistar la atención del lector ante el material que tiene en sus manos. Sin estas nociones espaciales, entre otras, toda la obra sería un gran poema o a lo sumo una colección de grandes poemas en prosa. Pero el estilo que elige Gibrán trata de hacer su mensaje más directo. No es novela, porque la filosofía interior de un artista no es novelable y las fantasías de una acción son aún más etéreas que el brote de sensaciones y sentimientos que puede despertar Almustafá.

Podríamos hacer una referencia más a un elemento externo de la obra: el tiempo en el que todo discurre. Es un tiempo falso; desde el primer momento nos sitúa en un «cuando», pero ese «cuando» se desvanece hasta que no alzamos la vista y en las últimas páginas vemos que todo se enmarca en un día. Estamos en Ailul, el mes de la siega, no cabe otro mas para quien paulatinamente ha ido fermentando y creciendo como una cosecha hasta que el sol ha dorado la espiga de su pensamiento. Todo lo que se hace ajeno al pensamiento, lo circunstancial, se convierte en símbolo cargado de sugerencias en Gibrán. Los datos novelescos no carecen de significado, incluso el nombre del profeta: Almustafá, El Elegido; de la misma raíz árabe que indica pureza y claridad. Pero elegido ¿por quién? No se trata de una religión concreta, pero sí representa el espíritu religioso o trascendente de un ser único, elegido por la pureza de una identidad humana y universal. Pero como decimos, todos estos datos son una excusa, aunque eso sí, una excusa cuidadosamente bien elaborada.

Distribución de monólogos

Toda la construcción de El Profeta es una bien trabada cadena de discursos sin aparente orden lógico, surgidos al azar y respondiendo a una pregunta esporádica que parte de entre el auditorio. Cabe preguntarse si la espontaneidad con la que brotan las palabras del profeta procede de un plan, de la organización sistemática de los contenidos que Gibrán hace florecer con aparente simplicidad.

Las preguntas surgen de seres indeterminados en la mayor parte de los casos o siempre excepto en el caso de Almitra. «Y un... dijo: Háblanos de...» Este marco fijo se presta a la inserción de cualquier nombre común. Únicamente Almitra, como acabamos de decir, es bautizada, quizá para remarcar un vínculo afectivo más consistente bajo el aspecto de relaciones humanas entre dos seres de capacidades extraordinarias: la profetisa y el profeta. Una relación que quiere recordar la de María de Magdala y Jesús de Nazaret. En los demás casos discurren los hombres y las mujeres, un albañil, un labrador, un astrónomo, un ermitaño... Casi siempre uno por cada monólogo del profeta.

Su inserción, casi siempre ingenua, responde a la trascendencia de un lenguaje que en la simplicidad desnuda el halo de arrogancia para aceptar el tópico como algo natural e ingenioso. El tópico de lo que los oficios y menesteres representan en la personalidad es el que más bazas juega en la selección de las barajas de Gibrán; ¿quién sino un rico va a pedir que le hablen del dar, y quién sino un albañil de las casas, y así sucesivamente. Sin embargo esta postura no nos produce ningún extrañamiento; la extrañeza es posterior y se deriva de un mismo camino marcado por la simplicidad del espíritu; un espíritu abierto a escuchar un mensaje. Parece como si el público de Almustafá fuera el antagonista de aquellos atenienses a los que la «ingenuidad» de Sócrates hería cuando les preguntaba por su oficio. Aquí, en este pueblo mítico de Orfalese, las gentes actúan muy al contrario. Son ellos quienes solicitan una explicación de sus quehaceres a aquel que no los realiza pero que ha calado en la esencia de la vida y del vivirla, que es a fin de cuentas lo que ha de importarles.

Cada persona es un tema, pero los temas parecen hallarse dispersos y, según se nos indica, no ocurre así con los hombres y mujeres que rodean al profeta. Tratando de mirar con un poco de paciencia, quizá descubramos que el contenido que mueve toda la obra no está tan disperso como aparentemente parece saltar a la vista. Hay en Gibrán unas claves universales que se van repitiendo constantemente; de entre ellas el «amor» es quien las inaugura y quien

las acompaña en el resto del viaje por el día. Siempre hay
una afinidad temática que va engarzando los contenidos.
Además de ello podríamos distinguir un reagrupamiento de
monólogos afines en su mayor parte formando trilogías
temáticas o de mayor interconcexión:

| AMOR MATRIMONIO HIJOS | → | DAR COMIDA TRABAJO | → | CASAS ROPA COMPRA Y VENTA | → |

| → | CRIMEN Y CASTIGO LEYES LIBERTAD | → | ENSEÑANZA AMISTAD CONVERSACIÓN | → ... |

Quizá éstos sean los más claros. En el orden que les
asignara Gibrán siguen una sucesión lineal. Junto a ellos
aparecen seguidos, uno tras otro, el tema del «Placer» y la
«Belleza», y finalmente la «Religión» y la «Muerte». Es
como el intento de construir una cadena simbólica por la que
ir recorriendo cada uno de los caminos más habituales y
trillados de la existencia humana, hasta desembocar en el
morir. Indudablemente toda la presentación material tenía
que concluir de este modo. A fin de cuentas ni es una
filosofía bien tratada ni una revelación sin más lo que
Gibrán trata de transmitir; es un mensaje dirigido a todo
tipo de individuos, sumamente elaborado pero sencillo en el
· *interés de sus conceptos y en el desarrollo externo de todos y*
cada uno de los monólogos.

Buscar una explicación exhaustiva o aproximada de qué
es todo «el meollo de la cuestión» para poco o nada vale en
este caso. El lector que haya releído en más de una ocasión
a Gibrán bien sabe que a cada nueva lectura las palabras
ya vistas y comprendidas adquieren una dimensión nueva,
desconcertante y sorprendente. Es demasiado arriesgado
emitir un juicio sobre el fondo del contenido que mueve toda

la fuerza creativa del instinto artístico de Gibrán. Los elementos y la crítica externa son los más abordables, las generalidades sobre las vicisitudes del autor, la época o la cultura son las más practicables en este caso. Entrar sin embargo en el qué de la obra encierra el peligro de seguir perdiéndose uno en la lánguida interpretación de un lector sorprendido en un instante.

A pesar de lo dicho, sobre este punto nos hacemos una pregunta, que aunque anecdótica puede tener un cierto grado de importancia por cuanto afecta a la cuestión de la relación general entre el autor y la obra: ¿Son las palabras de Almustafá sobre cada uno de los temas, incluso de los que parecen afectar a la vida corriente y diaria, las mismas que el sentido común y la realidad habían marcado sobre las opiniones de Jalil Gibrán? ¿Es una ficción del pensamiento o era propio el sentimiento del dar y el recibir, del valor de la comida, del aprecio de las viviendas, del dejar de la mano del Arquero —la Vida— a los hijos..., etc. La respuesta a esta relación autor-obra nunca podrá ser satisfactoria. Ni aunque Gibrán hubiera discutido con Almustafá del mismo modo que Unamuno lo hacía con sus personajes, ni aún en ese caso, llegaríamos a establecer el verdadero vínculo entre esos dos seres, a uno de los cuales se le atribuye la paternidad, pero es bien sabido que hay personajes de la ficción que han engendrado seres reales, en la mayoría de los casos a sus propios autores.

EL MESIANISMO EN EL SIGLO XX

El Oriente Próximo desde la más remota antigüedad ha sido una tierra fecunda en movimientos mesiánicos, dando a luz infinidad de profetas, salvadores e iluminados, además de toda una estela de seguidores. Oriente Próximo ha

32

nutrido a gran parte de la Humanidad con sus mitos religiosos y su valoración espiritual del «Hombre». La Antropología quizá haya dado una respuesta aproximada a esta cuestión al comparar distintos tipos de fenómenos religiosos o semi-religiosos entre sí y en diversos lugares del planeta. Uno de los focos de más incidencia del mesianismo o revitalismo ha sido precisamente el Creciente Fértil, lugar desde donde se fraguaron muchas de las religiones existentes y donde otras muchas fueron abortadas.

Las tres religiones del Libro, Judaísmo, Cristianismo e Islam, han sido consideradas por los antropólogos como movimientos de revitalización o mesiánicos, es decir, formas religiosas que tratan de luchar contra la pobreza y el sometimiento colonial. Los movimientos de revitalización o mesiánicos son universales, se hallan diseminados a través del tiempo por toda la geografía del planeta. Son modos de oposición a un sistema de explotación ante el que las distintas rebeliones armadas han ido chocando sin ningún éxito. Ante esta situación de impotencia, el mesianismo juega una baza proverbial, se convierte en un refugio espiritual prometiendo a sus seguidores una mejor vida en el «Más Allá», de modo que mantengan la esperanza y lleven con resignación las penalidades presentes. Este es el gran motor de la revitalización y del mesianismo, sobre todo en su vertiente pacifista.

Es interesante tener en cuenta estas ideas para poder lanzar algunos interrogantes más sobre la obra de Jalil Gibrán. El país de origen de este autor es el Líbano, región clave para el tránsito del Mediterráneo a Oriente, y, por lo tanto, codiciada por los grandes imperios de la antigüedad. Conquistado por unos y por otros, en el Líbano desde mucho antes de la conquista romana no ha habido un período de relativa paz e independencia sobre toda aquella zona. Hasta nuestros días sigue siendo el Líbano, en particular, una de las fuentes de información que más columnas ocupan en la prensa mundial por los constantes altercados y enfrentamientos que ensombrecen todo el país y su capital. Quizá sea consecuencia de un movimiento de «revitalización» que, en este siglo, primero chocó con el Imperio Otomano y después con los intereses occidentales, más concretamente por la ocupación francesa.

En este especial caldo de cultivo histórico y presente nació Gibrán y su «profeta». Quizá el siglo XX sea demasiado tarde para la aparición de nuevos predicadores mesiánicos o al menos de carne y hueso, aunque no por ello han dejado de existir. El caso de Gibrán parte de todo este contexto, precisamente tras la Primera Guerra Mundial; su voz clama por una nueva autenticidad que salve al «ser interior», a nuestra más profunda esencia humana, de los convencionalismos y de la inautenticidad. Esta quizá fuera la escueta simplificación de El Profeta. Más mesianismo, aunque solapado bajo la apariencia literaria. No queda nada lejos el papel y el halo del profeta Almustafá del que jugaron ciertos pobladores de las tierras del Líbano siglos atrás, predicando nuevas formas de vida y de ver el mundo. ¿Qué pretende Gibrán con esto?, ¿se trata, quizá, de construir un nuevo mesías para el siglo XX, para esta nueva forma de vida y de caos institucionalizado en las grandes urbes?

Algo de local y algo de universal hay en las intenciones de Jalil Gibrán. Pero en ambos casos toda la doctrina se dirige a un mismo punto: el hombre individual. Es un «mesianismo pacifista» que trata ante todo de recargar los significados humanos de los valores que más han sufrido con la transformación social que los nuevos modos de producción van imponiendo.

Ante la imposibilidad de luchar por la independencia de su país de origen y ante los continuos fracasos y sinsabores de una limitada actividad pública y combativa, Gibrán se refugia con Almustafá en el interior de su baluarte más fuerte para desviar la lucha con el discurso de un auténtico profeta del siglo XX. La liberación de los pueblos pasa a ser la liberación del ser concreto: « ...si tenéis por rey a un déspota, deberéis destronarlo, pero comprobad que el trono que erigiera en vuestro interior ha sido antes destruido».

La liberación de los pueblos pasa por la liberación del ser concreto, sumido en un continuo cambio de valores y para quien el lenguaje muchas veces indeterminado de Almustafá puede ser la tabla de salvación que le ayude a desvelar su propia identidad. Esta es la relación con el mesianismo que tan claramente intuimos en el autor y la obra.

ÚLTIMA CONSIDERACIÓN

Sencillez, simbolismo, vitalismo, insinuación, mesianismo, etc., son algunos de los calificativos más frecuentes cuando se habla de El Profeta. *La importancia de esta obrita ha sido indicada en más de una ocasión. Para concluir sólo quisiéramos exponer un nuevo punto a la consideración del lector: el final del milenio y el auge de las doctrinas espiritualistas en el centro neurálgico de las modernas tecnologías, es decir, la búsqueda humana de su auténtica raíz existencial cuando todo comienza a estar informatizado. Quizá sea este factor lo que justifique las nuevas reediciones y traducciones de* El Profeta. *¿Cómo se puede explicar si no el gran éxito de una obra breve, discursiva y donde todo cuanto ocurre es un pensamiento poéticamente expresado en un monólogo no siempre claro?*

JUAN CRUZ MARTÍNEZ

*«La mar, que convoca todas las cosas hacia ella, me ha
llamado a mí...»*

EL PROFETA
(La llegada del barco)

Almustafá[1], el elegido y el amado, aquel que era el alba de su propio día, esperó doce años en la ciudad de Orfalese a que regresara su barco y le llevara de vuelta a la isla en la que naciera.

Y en el duodécimo año, en el séptimo día de Ailul, el mes de la siega[2], subió a la cima de la colina, fuera de los muros de la ciudad, y clavó su profunda mirada mar adentro; y contempló su barco surcando la neblina.

Entonces, las puertas de su corazón se abrieron de golpe, y el regocijo de su espíritu se desató sobre el mar. Cerró sus ojos y oró en el silencio de su alma.

* * *

Pero cuando descendía de la colina, una súbita melancolía se apoderó de él y pensó para sus adentros:

---

[1] Almustafá en árabe significa «el elegido».
[2] Mes de septiembre.

¿Cómo abandonaré esta Tierra de paz y viajaré sobre el mar sin que me asalte la tristeza? ¡No!, no abandonaré esta ciudad sin una herida que marque mi espíritu.

Largos han sido los días de dolor que pasara entre sus murallas y más largas aún las noches en soledad; y ¿quién puede alejarse de su pena y de su soledad sin sufrimiento?

Demasiados fragmentos de mi espíritu he diseminado por estas calles, y demasiados son los hijos de mis antepasados que corren desnudos por esas colinas; ¿cómo separarse de ellos sin pesar y sin dolor?

No es de una simple prenda de lo que me deshago en este día, sino que es la piel lo que desgarro con mis propias manos.

¡No!, no es un pensamiento lo que dejo tras de mí, sino un corazón cincelado en la dulce fragua del hambre y la sed.

* * *

Ya no puedo permanecer más tiempo.

La mar, que convoca todas las cosas hacia ella, me ha llamado a mí y debo embarcar.

Pues permanecer, aunque las horas inflamen las noches, es congelarse y cristalizar, estar preso por los pesados grillos de la tierra.

De buena gana llevaría conmigo todo cuanto hay aquí. Mas, ¿qué puedo hacer yo?

Una voz no puede mantener consigo la lengua y los labios que le dieran alas. Sólo ha de ambicionar el éter.

Sin duda, sola y sin su nido, el águila remontará su vuelo hacia el sol.

* * *

Ahora, cuando ha llegado al pie de la colina, Almustafá, nuevamente vuelve su mirada hacia la mar, y ve cómo su barco se aproxima al puerto, y cómo sobre la proa están los marineros, los hombres de su propia tierra.

Y su alma les grita y él les dice:

Hijos de mi anciana madre, jinetes de la marea, ¡cuántas veces habéis navegado por mis sueños! Ahora llegáis en mi despertar, que no es sino mi sueño aún más profundo.

Estoy preparado para ir, y con las velas arriadas mi impaciencia aguarda el viento.

Sólo una vez más aspiraré el aliento de este aire inmóvil, sólo una vez más mis ojos enamorados mirarán hacia atrás.

Y entonces estaré entre vosotros, marineros entre marineros.

Y tú, extensa mar, desvelada madre; tú eres la inmensa mar, la paz y la libertad del río y del arroyo.

Sólo una vez más bordearé la sinuosa corriente de este arroyo, sólo una vez más oiré murmurar este vado.

Y entonces iré a ti, como la ilimitada gota que anhela la inmensidad del océano.

* * *

Y mientras andaba observó cómo a lo lejos los hombres y las mujeres abandonaban sus campos y sus viñas, y se apresuraban hacia las puertas de la ciudad.

Y oyó sus voces pronunciando su nombre, y notó cómo un clamoreo sordo de campo a campo anunciaba a unos y otros que su barco había llegado.

Y se dijo a sí mismo:.

¿Será el día de la partida, el día del encuentro?

¿Quizá deba decir que mi crepúsculo fue en realidad mi amanecer?

¿Qué puedo dar al campesino que dejó su arado a mitad del surco, o a quien detuvo la rueda de su lagar?

¿Se transformará mi corazón en un gran árbol cargado de frutos que pueda yo recoger para ofrecérselos a ellos?

¿Fluirán mis deseos como una fuente con la que pueda llenar sus copas?

¿Seré un arpa con la que la mano del Todopoderoso plaña su melodía, o una flauta en la que su aliento fluya a través de mi cuerpo?

Un explorador del silencio he sido yo, y ¿qué tesoros he encontrado en este silencio que pueda ofrecer con confianza?

Si este es el día que tengo para la siega, ¿en qué campos he sembrado la semilla, y en qué olvidada estación del año?

Si de veras esta es la hora en la que he de alzar mi lámpara, no será mi luz la que se abrase en ella.

Vacía y oscura levantaré mi lámpara.

Y el guardián de la noche la llenará de aceite y prenderá su llama.

* * *

Todo esto dijo con palabras. Pero mucho más permaneció oculto en su corazón, porque él a sí mismo no podía expresar sus más profundos secretos.

* * *

Y cuando entró en la ciudad, toda la gente vino a su encuentro, clamando al unísono como una sola garganta.

Los más ancianos de la ciudad se adelantaron y le dijeron:

No te vayas aún de nuestro lado.

Tú has sido el mediodía de nuestro apogeo cuando era llegado ya el crepúsculo, pues con tu juventud nos has dado una nueva ilusión para soñar.

No eres ni un extranjero entre nosotros, ni tampoco de huésped, sino que te tenemos como a un hijo, el hijo amado.

No hagas sufrir nuestros ojos aún por sentir el hambre de la ausencia de tu rostro.

* * *

También los sacerdotes y las sacerdotisas le dijeron:

No permitas que las olas de la mar nos separen ahora, ni que los años que pasaste entre nosotros sean tan sólo un recuerdo.

Tú has caminado entre nosotros como un espíritu, y tu sombra ha sido la luz que iluminó nuestros rostros.

Te hemos amado mucho; mas nuestro amor no tuvo palabras, y mudo entre velos fue ocultándose.

Pero ahora él grita en voz alta nuestro amor por ti, y quiere revelarte la verdad.

Es cierto que el amor nunca conoce la honda latitud de su intensidad hasta que llega el momento de la separación.

* * *

41

Después, muchos otros fueron llegando y suplicándole. Mas a ninguno respondió. Únicamente inclinaba su cabeza; y aquellos que estaban cerca, vieron cómo sus lágrimas se deslizaban por las mejillas hasta su pecho.

Y él y la multitud caminaron juntos hasta llegar a la gran plaza, frente al templo.

Y fue entonces cuando salió del santuario una mujer llamada Almitra. Era una profetisa.

Y él la miró con indecible ternura, porque ella fue la primera en buscarle y creer en él, cuando apenas llevaba aquél un día en la ciudad.

Y ella le saludó diciendo:

Profeta de Dios, en la busca de lo más remoto, hace tiempo que oteas la distancia aguardando la llegada de tu barco.

Y ahora tu barco ha llegado y tú has de partir.

Honda es tu ansiedad por la tierra de tu memoria y por el lugar donde habitan tus grandes deseos; por eso nuestro amor no te encadenará ni nuestros anhelos harán que desistas.

Sin embargo, te pedimos, antes de que nos abandones, que nos hables y nos concedas participar de tu verdad.

Y nosotros la transmitiremos a nuestros hijos, y nuestros hijos a sus hijos, y ella no perecerá.

Desde tu soledad has aguardado nuestros días, y en tu desvelo has escuchado el llanto y la risa de nuestro sueño.

Ahora, por todo ello, descúbrete a nosotros y háblanos de todo cuanto te ha sido mostrado sobre la vida y la existencia desde el nacimiento a la muerte.

Y él contestó:

* * *

Gentes de Orfalese, de qué puedo hablaros sino
de aquello que se agita en vuestro espíritu y desga-
rra vuestra conciencia a cada momento.

*«...descenderá hacia vuestras raíces y las sacudirá en un abrazo
implacable con la tierra.»*

DEL AMOR

Entonces dijo Almitra: háblanos del Amor.

Y él alzó su cabeza y miró a la multitud; y la quietud cayó sobre el lugar. Entonces con una gran voz dijo:

Cuando el amor os llama, seguidlo, aunque sus caminos sean duros y abruptos.

Y cuando sus brazos os envuelvan, entregaos a él, aunque su voz haga añicos vuestros sueños, como el viento del Norte cuando se abate devastador sobre el jardín.

* * *

Porque, del mismo modo que el amor os ensalza, así ha de crucificaros. Y si os cultiva, es que por él habréis de ser podados.

Y tal como se yergue sobre vuestro talle vegetal y acaricia las delicadas ramas que titilean trémulas bajo el sol, así también descenderá hacia vuestras raíces y las sacudirá en un abrazo implacable con la tierra.

* * *

Como haces de trigo os reunió en su corazón.

Él os llevó a la trilla para rescataros desnudos.

Él os llevó al tamiz para liberaros de la cáscara que cubre vuestra piel.

Él os llevó a moler para haceros puros y blancos.

Él os llevó a amasar para que seáis dóciles;

Sólo entonces os habrá dispuesto sobre su fuego santo para que podáis amanecer como el pan sagrado a la mesa de Dios Todopoderoso.

* * *

Todas estas cosas hará el amor en vosotros para que podáis conocer los secretos que alberga su corazón,

Y así, con esta certeza, florezcáis como un fragmento en el pilar de la Vida.

Pero si en vuestro miedo anheláis la paz y el placer del amor, mejor sería que cubrieseis vuestra desnudez y os marcharais de su era hacia un mundo sin veranos ni inviernos donde reiréis, sí, pero no con toda vuestra risa, y donde lloraréis, también, pero no con todas vuestras lágrimas.

* * *

El amor no da más que de sí mismo y no toma de nadie más que de él.

El amor ni posee ni puede ser poseído.

Porque el amor es suficiente para el amor.

Cuando amas no puedes decir: «Dios está en mi corazón», más bien ha de ser: «Yo estoy en el corazón de Dios».

Y piensa que tampoco puedes dirigir los designios del amor, porque el amor, si te encuentra digno de su favor, será quien dirija tu destino.

El amor no desea más que satisfacerse.

Pero si amas, necesariamente debes sentir deseos; que éstos sean tus deseos:

El de fundirte y ser como la corriente del arroyo que canta sus melodías a la noche.

El de saber que duele la mucha hermosura.

El de ser herido por comprender la esencia del amor;

Y desangrarte libre y alegremente.

El de despertar al alba con el corazón aleteando y dar gracias por otro día de amor.

El de descansar al mediodía y meditar en el éxtasis del amor.

El de volver a casa al atardecer con gratitud;

Y entonces, dormir con una plegaria en el corazón por el amado y una canción de alabanza prendida de tus labios.

DEL MATRIMONIO

Entonces Almitra volvió a hablar y dijo: ¿Qué piensas del matrimonio?

Y él contestó diciendo:

Juntos habéis nacido y juntos seréis en la eternidad.

Juntos hasta que la muerte de alas blancas disperse vuestros días.

¡Ay!, vosotros permaneceréis siempre juntos en el silencio de la memoria de Dios.

Pero dejad que se abran espacios en vuestros sentimientos hasta que los vientos del cielo dancen entre vosotros.

Amaos mutuamente; pero no hagáis del amor una obligación:

Antes, dejad que sea un mar en continuo movimiento entre las playas de vuestro espíritu.

Que cada uno llene la copa del otro, pero no bebáis de una sola copa.

Que cada uno ofrezca su pan al amado, pero que no coma de una sola hogaza.

Cantad y danzad juntos y siempre estaréis alegres, pero que cada uno de vosotros sea él mismo.

Así como las cuerdas de un laúd están separadas aunque se estremezcan a un mismo acorde.

Dad todo vuestro corazón al amado, pero con cuidado; que esta ofrenda no sea la causa del sometimiento del uno por el otro.

Porque sólo la mano de la Vida puede custodiar vuestros corazones. Permaneced juntos pero no os acerquéis demasiado el uno al otro:

Porque las columnas del Templo fueron dispuestas por separado, y ni el ciprés se cobija a la sombra del roble, ni el roble crece bajo la sombra del ciprés.

DE LOS HIJOS

Entonces se acercó una mujer que llevaba a su hijo en brazos y dijo: «Háblanos de los niños».

Y él dijo:.

Vuestros hijos no son vuestros hijos.

Ellos son los hijos y las hijas de la Vida prolongándose a sí misma.

Ellos nacieron a través de vosotros, pero no desde vosotros,

Y aunque vivan con vosotros, no os pertenecen.

Les podéis dar vuestro amor, pero no vuestro pensamiento, porque ellos tienen sus propios pensamientos.

Y en la medida de vuestras posibilidades, habéis de cobijar sus cuerpos, pero su alma jamás morará en vuestros hogares.

Porque su alma habita en el mañana; un mañana al que ninguno de vosotros visitará, ni aún en sueños.

Y podéis afanaros en ser parecidos a ellos, mas no pretendáis moldearlos a vuestra imagen.

Pues la vida nunca vuelve al pasado ni se deleita en la mansión del ayer.

Sois vosotros arco y vuestros hijos flecha. Y, desde el arco, la Vida lanzará su fecha sin dilación.

Sólo el Arquero ve el blanco sobre la línea del infinito, Él se curvará con su fuerza para que la flcha surque veloz la lejanía.

Dejaos blandir en la mano del Arquero y sentiros satisfechos;

Porque así como Él ama la flecha que remontó su vuelo, así también Él ha amado el arco que tensará entre sus manos.

«Como haces de trigo os reunió en su corazón.»

DEL DAR

Entonces un hombre rico dijo: «Háblanos del Dar».

Y él contestó:

Vosotros dais, pero apenas es nada cuando sólo dais de vuestras riquezas.

Mas si os dais a vosotros mismos es cuando realmente estaréis dando, porque, ¿acaso hay mayor tesoro?

¿Qué son las riquezas sino cosas que acumuláis y guardáis por temor a necesitarlas el día de mañana?

Y el mañana, ¿qué puede traer el mañana al perro precavido que enterrara su hueso en la arena impenetrable del desierto para seguir a los peregrinos hacia la Ciudad Santa?

Y, ¿qué es el miedo a la necesidad, sino la necesidad misma?

¿Hubierais sentido pánico a la sed, a esa sed insaciable, si vuestro pozo estuviera lleno?

* * *

Hay quienes dan un poco de lo mucho que poseen y cuando dan quieren que se les reconozca, mas con su oculto deseo hacen que su dádiva sea indeseable.

Y también están los que poco tienen y lo dan todo.

Éstos son los que creen en la vida, en la generosidad de la vida, y sus cofres jamás estarán vacíos.

Hay gentes que dan alegría, y esa alegría es su recompensa.

Y están también aquellos que dan con dolor, mas en el dolor serán bautizados.

Y hay quienes dan sin saber del dolor de dar, ni buscan en ello su alegría, ni tampoco anhelan en esto la virtud; dan porque sí, y, como el mirto desde un recóndito valle exhalan su fragancia al viento.

Dios habla entre sus manos y desde sus ojos sonríe sobre la tierra.

Es bueno dar cuando te piden, pero mejor sería dar sin demanda, comprendiendo;

Pues para una mano desprendida es mayor la alegría de encontrar alguien que nos necesite que la de hacer caridad.

¿Y es que hay entre vuestras riquezas algo imprescindible para vuestra alma?

De todo cuanto tenéis llegará un día en que no quede nada.

Así pues, ¡dad ahora! Dad que aún es tiempo y ésta es vuestra estación del dar y no de vuestros herederos.

A menudo decís: «Yo daría, pero sólo al que lo mereciera».

No hablan así los árboles de vuestro huerto, ni tampoco los rebaños de vuestros prados.

Ellos dan porque están vivos, porque guardar es perecer.

Y quien es digno de recibir sus días y sus noches, también merecerá todo cuanto venga de ti.

Y quien ha merecido beber del océano de la vida merece llenar también su vaso en vuestro pequeño arroyo.

¡Qué gran desierto será éste del recibir que engendra valor y audacia —no caridad—!

Y quién sois vosotros que los hombres han de desgarrar su pecho y descubrir su orgullo, para que podáis ver su valor desnudo y su soberbia y desvergüenza.

Mirad primero si vosotros mismos merecéis ser los dadores y el instrumento del dar.

Porque en verdad la vida es quien da a la vida, mientras que vosotros, que os creéis dadores, no sois más que meros testigos del Dar.

Y vosotros que recibís —y todos habéis recibido— no asumáis el peso de la gratitud, para que no coloquéis un yugo sobre vosotros ni sobre aquel que es vuestro dador.

Mejor es que juntos os elevéis sobre las alas de sus dones hacia el benefactor; porque exagerar vuestra deuda es dudar de la generosidad que tuvo por madre el corazón libre de la Tierra y por padre a Dios.

DE LA COMIDA

Entonces un anciano, dueño de una fonda, dijo: «Háblanos de la comida y de la bebida».

Y él dijo:

Quisiera que pudierais vivir de la fragancia de la tierra y ser como plantas que en el aire se sustentan de la luz.

Pero ya que debéis matar para comer y robar la leche del recién nacido para apagar vuestra sed, hacer de ello un acto de adoración.

Y haced de vuestra masa un altar donde lo puro e inocente del bosque y de la pradera sea sacrificada por aquello que es más puro y aún más inocente en el hombre.

* * *

Cuando sacrifiquéis un animnal decidle en vuestro corazón:

«Por el mismo poder que te inmola, sea yo también sacrificado; porque yo igualmente habré de ser consumido,

Pues la ley que te hizo caer en mis manos, me entregará a una mano más poderosa que la mía.
Tu sangre y la mía son nada, sólo savia que alimenta el árbol del paraíso.»

* * *

Y cuando una manzana cruja entre vuestros dientes, decidla desde vuestro corazón:
«Tu semilla se hará vida en mi cuerpo,
Y los brotes de tu mañana florecerán en mi corazón.
Tu fragancia será mi aliento,
Y juntos degustaremos todas las estaciones.»

* * *

Y en el otoño, cuando recojáis las uvas de vuestros viñedos para el lagar, decid en vuestro corazón:
«Yo también soy vid, y mi fruto será vendimiado.
Como el vino joven, yo seré guardado en añejos toneles de eternidad,
Y en invierno, cuando apartéis el vino, habrá en vuestro corazón un nuevo canto en cada copa;
Y en ese canto plañirá tu memoria por los días de otoño, por la viña y el lagar.

DEL TRABAJO

Después un labrador vino a él y le pidió: «Háblanos del Trabajo».

A lo que él respondió:

Vosotros trabajáis para seguir al ritmo y al espíritu de la tierra.

Porque haraganear os convertiría en forasteros del tiempo, extraños a sus estaciones y arrumbados en la procesión de la Vida, mientras ella marcha con insumisa majestad y orgullo hacia el infinito.

* * *

Cuando trabajáis sois la flauta en cuyo corazón el susurro de las horas se hace música.

¿Quién de vosotros quisiera ser como el junco mudo y silencioso cuando todo alrededor canta al unísono?

* * *

Siempre habéis dicho que el trabajo es una maldición y trabajar una desgracia.

Pero yo os digo que cuando trabajáis estáis cumpliendo con vuestra parte en los sueños más remotos de la tierra.

Y ésta os fue asignada cuando el sueño hubo nacido.

Y si aceptáis el trabajar, estaréis amando la vida,

Y amar la vida en el trabajo es alcanzar su más íntimo secreto.

* * *

Pero si en vuestro sufrimiento consideráis el nacer como una aflicción y el ganarse la vida como una maldición escrita en vuestra frente, yo os respondo que nada, salvo el sudor de vuestra frente, ha de lavar aquello que fuera escrito.

Se os ha dicho también que la vida es oscuridad, y en vuestro cansancio os hacéis eco de lo que por hastío se ha venido repitiendo.

Y yo os digo que en efecto la vida es oscuridad, si no es un deseo,

Y todo deseo es ciego, excepto cuando media el conocimiento,

Y todo conocimiento es vano, salvo cuando exige trabajo,

Y todo trabajo está vacío cuando carece de amor;

Y cuando trabajáis con amor os reconciliáis con vosotros mismos, y os unís los unos a los otros hacia Dios.

* * *

¿Y qué es trabajar con amor?

Es como tejer una tela con hilos entresacados de

59

vuestro corazón, como si el amado fuera a vestir esa prenda.

Es construir una casa con cariño, como si vuestro amado fuera a morar en ella.

Es sembrar la semilla con ternura y recoger la cosecha con júbilo, como si el amado fuera a comer el fruto.

Es impregnar todas las cosas que forjáis con el aliento de vuestro propio espíritu,

Y saber que todos los muertos que añoráis están de pie, cerca de vosotros y os observan.

* * *

A menudo, como si hablarais en un sueño, os he oído decir:

«Aquel que trabaja el mármol y halla la forma de su propia alma en la piedra, es más noble que quien ara la tierra.»

Y aquel que prende el arco iris para extenderlo sobre el lienzo y retratar a un hombre, es superior a aquel artesano que hace las sandalias para vuestros pies.

Pero yo os digo, no desde el sueño sino desde el desvelo del mediodía, que el viento no habla con más dulzura a los gigantescos robles que a la más ínfima brizna de hierba;

Y que sólo es grande aquel que torna la voz del viento en el dulce cantar de su propio amor.

* * *

El trabajo es el amor visible.

Y si tú no puedes trabajar con amor y sólo sientes desagrado, mejor sería que dejaras tu trabajo y te sentaras a la puerta del templo y pidieras limosna a aquellos que trabajan con agrado.

Porque si metéis el pan en el horno con indiferencia, estaréis cociendo un pan amargo que alimentará, pero no aplacará el hambre.

Y si de mala gana pisáis la uva, vuestra desidia destilará su veneno en el vino.

Y si cantas, aunque lo hagas como los ángeles, y no amas tu melodía, enturbiarás el oído del hombre a las voces de la noche y del día.

«Sois vosotros arco y vuestros hijos flecha.»

62

DE LA ALEGRÍA Y DE LA TRISTEZA

Entonces una mujer dijo: «Háblanos de la Alegría y de la Tristeza».

Y él respondió:

Vuestra alegría es vuestra tristeza enmascarada.

Y el mismo pozo desde el que brotaran vuestras risas, a menudo rebosa con vuestras lágrimas.

¿De qué otra manera podría ser?

Cuanto más profunda se abra la tristeza en vuestro ser, aún mayor será la alegría que podáis contener.

¿Es que no es la misma la copa que contiene vuestro vino, que aquella que se coció bajo el fuego en el horno del alfarero?

¿Y no es el laúd que calma vuestro espíritu, la misma madera que ahuecara el cuchillo?

Cuando estéis contentos, mirad en el fondo de vuestros corazones y encontraréis que sólo aquello que os produjo tristeza es lo que os da vuestra alegría.

Cuando la tristeza os ahogue, mirad nuevamente

en vuestro corazón y veréis que en verdad estáis llorando por lo que fue vuestro deleite.

Algunos de vosotros dirán: «Es más importante la alegría que la tristeza». En cambio, otros dirán: «No, la tristeza es lo más importante».

Pero yo os digo: ellas son insuperables.

Juntas vienen, y cuando ùna se sienta sola con vosotros a vuestra mesa, recordad que la otra está dormida sobre vuestra cama.

Realmente estáis suspendidos como los platillos de una balanza entre la tristeza y la alegría.

Sólo cuando estéis vacíos os mantendréis parados y en equilibrio.

Y cuando el guardián del tesoro os alce para pesar su oro y su plata, será necesario que vuestra alegría o vuestra tristeza suban o bajen.

DE LAS CASAS

Entonces se acercó a él un albañil y le dijo: «Háblanos de las Casas».

Y él respondió diciendo:

Levantad con vuestra imaginación un techo de ramas en el desierto antes de que construyáis una casa dentro de los muros de la ciudad.

Porque de igual modo que volvéis al hogar en vuestro ocaso, así, el vagabundo que hay en vosotros, buscará la lejanía y la soledad.

Vuestra casa es vuestro gran cuerpo.

Un cuerpo que crece bajo el sol y reposa en el silencio de la noche; y no es que carezca de sueños.

¿Es que no sueña vuestra casa?, y en su fantasía abandona la ciudad por arboledas y colinas.

¡Ay!, si pudiera reunir vuestras casas en mi mano y como un sembrador diseminarlas por los bosques y las vegas.

Entonces los valles serían vuestras calles, y las verdes sendas vuestras callejuelas, así podríais buscaros el uno al otro entre las ramas de los viñedos y regresar con la fragancia de la tierra prendida de vuestras ropas.

Pero aún resta mucho para que esto sea así.

Vuestros antepasados con su miedo os pusieron demasiado juntos. Y este miedo perdurará por algún tiempo. Un tiempo en el que los muros de la ciudad separarán vuestro corazón de vuestros campos.

Decidme, pues, gentes de Orfalese, ¿qué tenéis en estas casas? y ¿qué guardáis tras la puerta cerrada?

¿Poseéis la paz, ese anhelo de quietud que revela vuestro poder?

¿O es la memoria, esa trémula bóveda que se arquea sobre las cimas de la inteligencia?

¿Poseéis la belleza, esa belleza capaz de mover el corazón de los objetos labrados en la madera y en la piedra hasta alcanzar la montaña sagrada?

Decidme, ¿poseéis todo esto en vuestras casas?

O es la comodidad lo único que hay,

¿O sólo es el bienestar, el deseo de comodidad, ese objeto furtivo que como un huésped se introduce en la casa y se convierte en el anfitrión, y entonces él es el dueño y señor?

¡Ay! de cuando este dueño se vuelve en domador, y con garfio y látigo os haga títeres, entonces bailaréis como guiñoles al son insaciable de vuestros deseos.

Aunque sus manos son de seda, su corazón es de hierro.

Adormece vuestro sueño sólo para quedarse junto a vuestro lecho y mofarse de la dignidad de la carne.

Pone en ridículo vuestro sentido común y como si fuera una frágil vasija la deposita sobre un campo de ortigas.

Así pues, el deseo de comodidad estrangula la auténtica pasión del alma, y después camina sonriente en el funeral.

* * *

Pero vosotros, hijos del espacio, vosotros que permanecéis alerta en la quietud, vosotros jamás seréis atrapados ni domados.
Vuestra casa nunca será el ancla, sino el mástil.
Tampoco ha de ser la reluciente venda que recubra una herida, sino el párpado que cobija la pupila.
Vosotros no plegaréis las alas para pasar por las puertas, ni inclinaréis la cabeza para no golpearos contra el techo, ni temeréis respirar por miedo a que las paredes crujan y se derrumben.
Ni tampoco moraréis en las tumbas que crean los muertos para los vivos.
Con todo el esplendor y toda la magnificiencia, vuestra casa no se apoderará de vuestro secreto, ni os abrigará por mucho tiempo.
Porque aquello que es ilimitado en vosotros, habita en la mansión del cielo, y allí las puertas son la neblina de la madrugada y sus ventanales son la música y el silencio de la noche.

DE LA ROPA

Y el tejedor dijo: «Háblanos de la ropa».
Y él contesto:
Vuestra ropa oculta vuestra belleza y, sin embargo, no esconde la fealdad.
Y aunque con vuestra indumentaria busquéis la libre soledad, sólo hallaréis en ella un arnés y una cedena.
Podríais enfrentaros al sol y al viento con sólo la piel y sin vuestras ropas.
Ya que en la luz del sol se alimenta la vida y su mano descansa en el viento.

* * *

Alguno de vosotros dice: «Quien ha tejido las ropas que llevamos es el viento del Norte».
Y yo digo: ¡Ay!, fue el viento del Norte,
Pero de la vergüenza hizo su telar y en la debilidad de sus héroes trenzó sus hilos.
Y cuando hubo concluido su trabajo, sonrió, y su risa hizo estremecerse al bosque.

Recordad que la modestia no es un escudo contra los ojos deshonestos.

Y cuando la deshonestidad desaparezca, ¿qué otra cosa será del pudor, sino los grillos de la represión y la suciedad de la mente?

No olvidéis que la tierra se deleita cuando siente vuestro pie desnudo, y los vientos anhelan jugar con vuestros cabellos.

DE LA COMPRA Y DE LA VENTA

Y un mercader dijo: «Háblanos de la compra y de la venta».

A lo que él respondió diciendo:

La tierra os ofrece sus frutos, y si sabéis cómo llenar vuestras manos, no pasaréis ninguna necesidad.

Intercambiando los dones de la tierra es como encontraréis la abundancia y la satisfacción.

Pero si este trueque no se hace con amor y en buena justicia, sólo algunos serán inducidos a la codicia, mientras que los otros padecerán hambre.

* * *

Cuando en la plaza del mercado, vosotros, trabajadores de la mar, de los campos y de las viñas, os encontréis con los tejedores y los alfareros y los traficantes de especias,

Invocad entonces al espíritu supremo de la tierra, para que venga entre vosotros y santifique la balanza que ha de calcular un peso exacto.

Y no permitáis que la mano estéril de quien trata de vender sus palabras por vuestro trabajo, tome parte en vuestras transacciones.

Debierais decirles a éstos:

Venid con nosotros a los campos o id con nuestros hermanos a la mar y echad vuestra red;

Porque la tierra y la mar serán generosas, como lo fueron con nosotros.

Y si os topáis con los cantores, danzarines y músicos, comprad sus mercancías.

Pues ellos también son recolectores de fruta e incienso, y aquello que traen consigo, labrado en sueños, es la ropa y el alimento de vuestra alma.

* * *

Y antes de marcharos del mercado, mirad que nadie se vaya con las manos vacías.

Ya que el espíritu supremo de la tierra no descansará en paz sobre el viento, hasta que las necesidades del último de vosotros hayan sido satisfechas.

«Mejor es que juntos os elevéis sobre las alas de sus dones...»

72

DEL CRIMEN Y DEL CASTIGO

Entonces uno de los jueces de la ciudad se puso en pie y dijo: «Háblanos del Crimen y del Castigo».

Y él respondió diciendo:

Cuando vuestro espíritu vagabundea sobre el viento, es cuando vosotros, solos e indefensos, agraciáis a los demás y, así, a vosotros mismos.

Y por una injusticia que hayáis cometido, debéis llamar y aguardar pacientemente a la puerta de la santidad.

* * *

Como el océano es el dios que lleváis dentro.
Él permanecerá siempre puro,
Y como el éter, alzará sus alas.
Incluso como el sol es el dios que lleváis dentro;
Él no conoce los caminos subterráneos del topo,
ni busca el hueco árido de la serpiente.
Pero ese dios que lleváis dentro no sólo habita en vuestro ser.

Aún hay mucho de humano en vosotros, y demasiado poco de hombre.

Una criatura informe deambula dormida por entre la niebla escudriñando su propio despertar.

Y ahora quiero hablar del hombre que hay en vosotros.

Porque es él, y no el dios que lleváis dentro, ni esa criatura de las tinieblas, quien conoce el crimen y el castigo del crimen.

* * *

Muchas veces os he oído hablar de quien comete un crimen como si él ya no fuera uno más, sino que pasa a ser un extranjero entre vosotros, y un intruso en vuestro mundo.

Mas yo os digo que así como ni el santo, ni el justo pueden remontarse más allá de la cima que existe en cada hombre, tampoco el malvado y el débil caerán mucho más abajo de la vil oquedad que ya hay en vosotros.

Y del mismo modo que una simple hoja no se vuelve amarilla sin que en silencio lo consienta el árbol,

De igual manera, quien cometió un crimen no pudo hacerlo sin que todos vosotros lo conocierais en secreto.

Como una procesión, camináis juntos hacia el dios que lleváis dentro.

Vosotros sois el camino y el caminante.

Y cuando uno de vosotros se tambalea y cae, cae por advertir a quienes le siguen para que no tropiecen con la misma piedra.

¡Ay!, cae por culpa de aquellos que delante de él,

con pies más seguros y rápidos, no apartaron del camino la piedra con la que tropezara.

* * *

Oíd esto también, aunque mis palabras pesen en vuestra conciencia:
La víctima no está eximida de su propia muerte.
Y quien ha sido robado no está exento de culpa por haberlo sido.
El justo no es inocente de los actos del malvado.
Y la mano blanca no esta limpia con los hechos de la traición.
Ciertamente, el culpable es a menudo la víctima del agraviado,
Y con más frecuencia el condenado es quien carga con la responsabilidad del inculpado y del inocente.
Vosotros no podéis separar la justicia de la injusticia ni el bien del mal.
Ya que ellos están juntos bajo la mirada del sol, juntos como las hebras blancas y negras que fueron trenzadas entre sí.
Y cuando el hilo negro se rompe, el tejedor ha de revisar toda la tela y examinar tambien el telar.

* * *

Si alguno de vosotros trae a una mujer adúltera para que sea juzgada,
Que deposite también el corazón de su esposo sobre la balanza, y mida su alma con mesura.
Y exigid a quien vaya a azotar al ofensor, que mire antes al espíritu del ofendido.

Si alguno de vosotros debe castigar en nombre de la justicia y dejar caer el hacha sobre el árbol perverso, hacedle ver primero sus raíces;

Y realmente encontrará las raíces del bien y del mal, de lo florecido y de lo estéril, todo a un mismo tiempo entrelazado en el silencioso corazón de la tierra.

Sois vosotros, los jueces, quienes deberían ser juzgados,

¿Qué sentencia dictaminaríais sobre quien, aunque honesto en la carne, sin embargo es en espíritu un ladrón?

¿Qué castigo le impondríais a quien matando la carne, se destruye a sí mismo en el espíritu?

Y, ¿de qué modo procesaríais a quien en sus actos es un impostor y un tirano, y, sin embargo, también es agraviado y ultrajado?

¿Y cómo podríais castigar a aquellos cuyo remordimiento es ya mayor que su delito?

¿No es el arrepentimiento el fin de una justicia administrada por la misma ley a la que servía con desmayo?

Sin embargo, ni podéis hacer que el remordimiento pese sobre el inocente, ni podéis estirparlo del corazón del culpable.

Sin poder evitarlo, él llamará en la noche, para que despierten los hombres y se contemplen a sí mismos.

Y vosotros, que quisierais comprender la justicia, ¿cómo haréis, a menos que veáis a plena luz todos los actos?

Sólo entonces sabréis que quien se mantiene erguido y quien cayera son, sin embargo, un solo hombre, un hombre de pie en el crepúsculo, entre la noche y el día, entre su yo primitivo y ese dios que lleva dentro,

Y que la piedra angular del templo, por serlo, no es más alta que la piedra más profunda de sus cimientos.

DE LAS LEYES

Entonces un letrado dijo, Maestro, ¿qué opinas de nuestras leyes?

Y él contestó:

Os deleita dictar leyes,

Sin embargo, os complace más quebrantarlas.

Sois como niños que juegan junto al océano y con denodado afán construyen torres de arena para después destruirlas entre risas.

Pero mientras construís vuestras torres, el océano va trayendo más arena hacia la orilla,

Y cuando las destruís, él ríe con vosotros.

Porque el océano siempre ríe con el inocente.

Pero, ¿qué será de aquellos para quienes la vida no es un océano, y las leyes humanas no son torres de arena?

¿Y qué de aquellos para quienes la vida es una roca y la ley es el cincel con el que quisiéramos tallar la roca a su propio gusto?

¿Qué decir del paralítico que odia a los danzarines?

¿Y del buey, que ama su yugo y juzga al alce y al

ciervo del bosque animales vagabundos y extraviados?

¿Qué pensar de la decrépita serpiente, que no puede mudar la piel, y llama a los demás desnudos y desvergonzados?

¿Y de aquel que vino temprano al banquete de la boda, y cuando se hubo hartado de comer y ya estaba cansado, marchó por su camino diciendo que todas las fiestas son una violación y que todos los asistentes quebrantan la ley?

* * *

¿Qué otra cosa puedo deciros de ellos, salvo que también ellos andan a la luz del sol, pero dándole la espalda?

Ellos ven solamente sus sombras, y sus sombras son sus leyes.

¿Y qué otra cosa es el sol para esta clase de gentes, sino quien proyecta sus sombras?

¿Y qué es acatar las leyes, sino encorvarse y rastrear sus sombras sobre la tierra?

Pero vosotros, que camináis cara al sol, ¿qué imágenes se arrastran en la tierra que puedan reteneros?

Vosotros que viajáis con el viento, ¿qué veleta dirigirá el rumbo?

¿Qué ley humana puede ataros si habéis roto vuestro yugo sobre la puerta de la prisión del hombre?

¿Y quién os llevará a juicio si rasgasteis vuestras vestiduras y sin embargo no habéis abandonado el auténtico sendero del hombre?

* * *

Gentes de Orfalese, podéis acallar el tambor y aflojar las cuerdas de la lira, pero ¿quién podrá impedir que la alondra cante?

DE LA LIBERTAD

Y un orador dijo: «Háblanos de la Libertad».

Y él contesto:

A las puertas de la ciudad y en vuestros hogares os he visto postrados ante vosotros mismos, adorando vuestra propia libertad,

Al igual que el esclavo se humilla ante el tirano y lo alaba aunque él lo torture.

¡Ay!, en la arboleda del templo y a la sombra del alcázar he visto a los más libres de entre vosotros usar su libertad como yugos y esposas.

Y mi corazón se desangró; porque sólo podéis ser libres cuando el deseo de ambicionar la libertad se convierta en un arnés y dejéis de hablar de la libertad como de una meta que hay que alcanzar.

* * *

Seréis libres sin duda cuando vuestros días no estén exentos de inquietud y en vuestras noches perviva un deseo y una amargura,

O más bien cuando estas cosas ciñan vuestra vida

y, sin embargo, seáis capaces de elevaros sobre ellas desnudos e ilimitados.

¿Y cómo os remontaréis sobre el día y la noche sin romper las cadenas con las que el alba de vuestro entendimiento os aherrojasteis para cuando llegara la hora de vuestro mediodía?

En verdad os digo que aquello a lo que llamáis libertad es más pesado que esas cadenas, aunque sus eslabones reluzcan bajo el sol y deslumbren vuestros ojos.

¿Y qué es esto, sino fragmentos de vuestro propio yo que debierais desechar para haceros libres?

Si hay una ley injusta, debierais abolirla, porque fue vuestra propia mano quien escribió la ley sobre vuestra frente.

No podéis borrarlas quemando vuestros libros de leyes ni lavando la frente de vuestros jueces, aunque sobre ellas vertierais todo el océano.

Y si tenéis por rey a un déspota, deberéis destronarlo, pero comprobad que el trono que erigiera en vuestro interior ha sido antes destruido.

Porque, ¿cómo puede un tirano dominar al libre y al noble, sino tiranizando su propia libertad y deshonrándolo en su propio orgullo?

Y, si de lo que os queréis librar es de una inquietud, recordad que ella fue elegida por vosotros antes de que se os impusiera,

Y si es el miedo lo que quisierais que desapareciera, tened presente que el miedo se asienta en vuestro corazón y no en el puño de ningún ser temible.

Realmente, todas las cosas se mueven en vuestro ser en un casi constante abrazo; el deseo y el terror, la repugnancia y el aprecio, lo que perseguís y aquello que os hace huir.

Estas cosas se mueven en vosotros como luces y sombras abrazadas entre sí.

Y cuando la sombra se desvanece por completo, la luz que aún queda se torna en sombra de otra luz.

Y así, vuestra libertad, cuando se deshizo de sus cadenas, fue eslabón de cadena para otra libertad.

«La tierra os ofrece sus frutos...»

84

DE LA RAZÓN Y DE LA PASIÓN

Y Almitra, la sacerdotisa, volvió nuevamente a hablar y le pidió: «Háblanos de la Razón y de la Pasión».

Y él le contestó diciendo:

Vuestra alma es a menudo un campo de batalla en el que la razón y el juicio libran un duro combate contra la pasión y los apetitos.

Quisiera ser yo el pacificador de vuestra alma y poder tornar la discordia y la rivalidad que fragmenta vuestro cosmos, en unidad y armonía.

Pero, ¿qué puedo hacer yo, a menos que vosotros mismos seáis también pacificadores? Pero no; ni tan siquiera a vuestros fragmentos amáis?.

* * *

La razón y la pasión son el timón y las velas de vuestra alma marinera.

Si se rompieran las velas o el timón, podríais ser arrastrados por la corriente e ir a la deriva, o bien quedar paralizados en medio del mar.

Porque la razón, cuando sólo predomina ella, es una fuerza limitada; y la pasión desatada es una llama que se inflama hasta su propia extinción.

Por lo tanto, haced que el alma exalte vuestra razón hasta la pasión, para que pueda cantar;

Y procurad que sea gobernada la pasión con sensatez, para que vuestra pasión perviva resucitando día tras día, y como el ave fénix, renazca de sus propias cenizas.

Quisiera hacer que considerarais vuestro juicio y vuestras apetencias como si fueran dos huéspedes amados.

* * *

Cuando os sentéis entre las colinas bajo la fresca sombra del álamo, compartiendo la paz y la serenidad de los remotos campos y vegas, entonces, que vuestro corazón diga en silencio: «Dios reposa en la razón».

Y cuando llegue la tormenta y un poderoso viento haga estremecerse el bosque, y el trueno y el rayo proclamen la majestuosidad del cielo; entonces, que vuestro corazón diga con temor: «Dios se agita con pasión».

Y desde que sois un aliento en la esfera de Dios y una hoja en su bosque, vosotros también podréis reposar en la razón y moveros con pasión.

DEL DOLOR

Y habló una mujer diciendo: «Háblanos del Dolor».
Y él dijo:
Vuestro dolor es el crepitar de la cáscara que encierra vuestro entendimiento.

Del mismo modo como el hueso del fruto ha de romperse para que su corazón crezca bajo el sol, así debéis reconocer el dolor.

Y si mantuvierais encendido vuestro corazón en el prodigioso milagro del discurrir de la vida, vuestro dolor no os parecería menos maravilloso que vuestra alegría;

Ojalá aceptarais este transitar de la vida, tal y como habéis aceptado siempre cada estación del año sucediéndose sobre vuestros campos.

* * *

Y aguardarais serenamente hasta el frío pasar del invierno.

Gran parte de vuestro dolor lo es por propia elección.

Poseéis un ungüento amargo con el que el curandero que hay en vosotros sanará vuestra dolencia.

Confiad, por tanto, en este físico y bebed su remedio tranquilos y en silencio.

Porque su mano, aunque dura y firme, es guiada por el suave tacto del Infinito,

Y la copa que os ofrezca, aunque os abrase los labios, fue moldeada en el barro que el alfarero humedeció con sus lágrimas sagradas.

DEL CONOCIMIENTO INTERIOR

Y un hombre dijo: «Háblanos del Conocimiento Interior».

Y él contestó diciendo:

Vuestro corazón conoce en silencio los secretos del día y de la noche,

Pero vuestros oídos están sedientos por conocer lo que alberga vuestro corazón.

Vosotros quisierais saber con palabras lo que ya sabíais desde un principio.

Vosotros quisierais rozar con los dedos el cuerpo desnudo de vuestros sueños.

* * *

Estaría bien que lo hicierais.

El secreto manantial de vuestra alma anhela brotar y precipitarse entre murmullos hacia la mar;

Y en ese abismo infinito, ocultáis un tesoro que podría ser revelado a vuestros ojos.

Pero no pongáis sobre la balanza ese desconocido tesoro;

Ni escarbéis en el fondo de vuestro conocimiento con un palo o una sonda.

Porque el yo es un mar ilimitado e inconmesurable.

No digáis: «He hallado la verdad»; sino más bien: «He encontrado una verdad».

Tampoco digáis: «He hallado la senda del alma».

Decid, sin embargo: «El alma caminaba por el sendero hacia mi encuentro».

Porque el alma recorre a pie todos los senderos.

Ella no camina en una sola dirección, ni tampoco crece como el junco.

Ella se abre como la flor del loto en innumerables pétalos.

DE LA ENSEÑANZA

Entonces dijo un profesor: «Háblanos de la Enseñanza».

Y él dijo:

Ningún hombre puede revelaros nada, excepto aquello que se encuentra medio dormido en el alma de vuestro conocimiento.

El maestro que pasea a la sombra del templo, entre sus flores, no da su sabiduría, sino su confianza y su amor.

Si él en verdad es sabio no os ofrece que entréis a la casa de su sabiduría, sino que os conduce hasta el umbral de vuestra propia inteligencia.

El astrónomo puede hablaros de sus conocimientos sobre el cosmos, pero no daros su ciencia.

El músico podría cantar el ritmo que ordena todo el orbe, pero no puede daros el oído que aprehenda este ritmo ni la voz que lo imite.

Y quien es versado en la ciencia de los números puede hablaros de las regiones en que moran el peso y la medida, pero no puede conduciros allá.

«...al ofrecerte a nosotros, nos lo has dado todo.»

Porque la clarividencia de un hombre no presta sus alas a los demás.

Y así cada uno de vosotros se eleva por sí mismo hacia el conocimiento de Dios, de igual modo, cada cual debe estar solo en su conocimiento de Dios y de la Tierra.

DE LA AMISTAD

Y un joven dijo: «Háblanos de la Amistad».
Y él contestó diciendo:
Vuestro amigo es la respuesta a vuestros anhelos.
Él es la tierra en la que sembráis con amor y donde coseécháis con agradecimiento.
Él es vuestra mesa y vuestro hogar.
Porque venís a él cuando estáis hambrientos, y buscáis en él la paz.

* * *

Cuando vuestro amigo os descubra sus pensamientos, no tengáis miedo a contradecirle con un «no», ni tampoco receléis en afirmar vuestro «sí».
Y cuando éste esté en silencio, que vuestro corazón no cese de oír sus latidos;
Porque aún sin palabras, cuando hay amistad, todos los pensamientos, deseos y expectativas nacen y son compartidos con alegre desinterés.
Nos os sintáis afligidos cuando os separéis de vuestro amigo;

Porque aquello que más amáis en él será aún más nítido y preciado en su ausencia, como lo es la montaña para el escalador que la observa desde la llanura.

No busquéis en la amistad ningún interés, salvo el de ahondar en vuestro espíritu.

Ya que el amor que pretende algo que no sea el desentrañar su propio misterio, ya no es amor, tan sólo una red que alguien lanzó al mar para después no recoger nada.

* * *

Que lo mejor que haya en vosotros sea para vuestro amigo.

Si él debe conocer el reflujo de vuestra marea, hacedle saber de la pleamar.

Porque, ¿qué es vuestro amigo que tan sólo lo buscáis en las horas muertas?

Buscadlo siempre con afán de vida.

Pues, él está para saciar vuestros anhelos, no vuestro vacío.

Y en la dulce amistad, compartid la risa y el placer.

Porque en ese rocío de cosas pequeñas que escarcha tu corazón, él encuentra su mañana y el alivio que refresca su sed.

DE LA CONVERSACIÓN

Entonces un escolar dijo: «Háblanos de la Conversación».

Y él respondió diciendo:

Vosotros habláis cuando dejáis de estar en paz con vuestros pensamientos;

Y cuando no podéis prolongar por más tiempo el habitar en la soledad de vuestro corazón, vivís en vuestros labios y su sonido es una diversión y un pasatiempo.

Y en una gran parte de vuestra conversación, el pensamiento yace moribundo.

Porque la idea es un pájaro libre que en una jaula de palabras puede desplegar sus alas, pero jamás llegará a volar.

* * *

Entre vosotros hay quienes buscan al hablador por temor a estar solos.

El silencio de la soledad les muestra su propia desnudez y quisieron escapar.

Y hay quienes hablan sin conciencia ni conocimiento, y revelan una verdad que ni ellos mismos alcanzan a comprender.

También están aquellos que en su interior poseen la verdad, pero no la manifiestan con palabras.

Con silencioso rumor, el espíritu se alberga en el pecho de cada uno de ellos.

* * *

Cuando os encontráis con vuestro amigo a la vera de un camino o en la plaza del mercado, que ese espíritu sea quien mueva vuestros labios y dirija vuestra lengua.

Que vuestra voz prisionera de su voz hable a su oído.

Porque el alma guardará la verdad de vuestro corazón, como el aroma del vino persiste en la memoria, cuando ya su color ha sido olvidado y su vasija se rompió.

DEL TIEMPO

Y un astrónomo dijo: «Maestro, ¿qué es el tiempo?».
Y el contestó:
Vosotros quisierais medir el tiempo, lo infinito y
lo inconmesurable.
Quisierais ajustar vuestra conducta e incluso dirigir el curso de vuestro espíritu según las horas y las
estaciones.
Del tiempo quisierais hacer un arroyo para senta-
ros a sus orillas y observar su discurrir.

* * *

Y sin embargo, lo atemporal que hay en vosotros
es consciente de la eternidad de la vida.
Y sabe que el ayer es la memoria de hoy, y el
mañana, el sueño del ahora.
Y aquello a lo que cantáis y que contempláis en
vosotros habita en ese momento primero del cosmos, cuando las estrellas se diseminaron sobre el
firmamento.

¿Quién de entre vosotros no siente que su poder de amor no tiene fronteras?

Y, sin embargo, ¿quién no siente que el mucho amor, aunque ilimitado, abarca el centro de su ser, y que no hay movimiento desde su pensamiento de amor hacia otro, ni desde un acto de pasión hacia otro?

¿Es que el tiempo no es como el amor, sin límite ni espacio que lo divida?

* * *

Pero si para vuestro entendimiento debéis medir el tiempo en épocas, que cada época reúna las otras,

Y que el presente acepte el pasado con nostalgia y abrace el futuro con anhelo.

«... *vuestro dolor lo es por propia elección.*»

100

DEL BIEN Y DEL MAL

Uno de los ancianos dijo: «Háblanos del Bien y del Mal».

Y él contesto:

Puedo hablar de lo bueno que hay en vosotros, mas no del mal.

Pues, ¿qué es el mal, sino el bien torturado por su propia hambre y sed?

Ciertamente, cuando el bien está hambriento, busca su comida en oscuras cuevas, y cuando tiene sed bebe hasta de las aguas muertas.

* * *

Vosotros sois buenos cuando estáis solos con vosotros mismos.

Y sin embargo, cuando no es así, tampoco sois malos.

Porque una casa desunida no es una madriguera de ladrones, tan sólo es una casa desunida.

Y un barco sin timón puede deambular entre islas

peligrosas, y sin embargo, no hundirse hasta el fondo.

Vosotros sois buenos cuando os afanáis en daros a vosotros mismos.

Pero no sois malos cuando buscáis vuestra ganancia.

Ya que, cuando vuestro afán es la riqueza, sois como la raíz que se abraza a la tierra y se amamanta en su seno.

El fruto nunca podrá decirle a la raíz: «Sé como yo, maduro y rebosante, y ofrece siempre de tu abundancia».

Porque así como para el fruto dar es necesario, para la raíz recibir es una necesidad.

* * *

Sois buenos cuando estáis totalmente despiertos al hablar,

Sin embargo, no sois malos si dormís mientras vuestra lengua titubea sin propósito,

Pues, muchas veces, pronunciar mal un discurso puede fortalecer una lengua débil.

* * *

Sois buenos cuando camináis con paso decidido y resueltos hacia vuestra meta.

Sin embargo, no sois malos cuando cojeando os dirigís hacia ella.

Pues, hasta aquellos que marchan sin aliento no caminan de espaldas.

Pero vosotros que sois fuertes y veloces, no os

hagáis los débiles ante los lisiados, creyendo que esto es hacerles un favor.

Vosotros sois buenos de innumerables formas, y no sois malos cuando no sois buenos,

Tan sólo perezosos y haraganes.

Lástima que el ciervo no pueda hacer que la tortuga aprenda a ser veloz.

* * *

En el deseo de ser gigantes reside vuestra bondad, y ese deseo se encuentra en todo vuestro ser.

Mas en algunos tal deseo es un torrente que se precipita turbulento hacia el mar, arrastrando consigo los secretos de las colinas y el canto de los bosques.

Otros son como el riahuelo manso que se pierde en ángulos y curvas y que se agota antes de alcanzar el mar.

Pero no permitáis que quien mucho ansía diga a quien poco anhela: «¿Por qué eres tan lento y parado?».

Porque quien es verdaderamente bueno no pregunta a quien está desnudo: «¿Dónde están tus ropas?, ni a quien no tiene techo: «¿Qué ocurrió con tu casa?».

DE LA ORACIÓN

Entonces una sacerdotisa dijo: «Háblanos de la Oración».

Y él contestó diciendo:

Oráis en la miseria y en la necesidad; ojalá pudierais orar cuando estéis pletóricos de alegría y sean días de abundancia.

* * *

Porque, ¿qué es la oración, sino la expansión de la esencia de vuestro ser sobre el éter viviente?

Y si es por la comodidad por lo que habéis vertido sobre el cielo vuestra oscuridad, que sea también por vuestro deleite por lo que derramáis la alborada de vuestro corazón.

Y si no podéis contener las lágrimas cuando el alma os requiere a la oración, ella debería espolearos una vez y otra, aunque estéis llorando, hasta que comencéis a reír.

Cuando rezáis, la oración os lanza por los aires hacia el encuentro de quienes en ese preciso instante están orando, y con quienes, salvo en la oración, nunca os llagaríais a encontrar.

No visitéis ese invisible templo en balde, gozad sin embargo en el éxtasis de su dulzura.

Porque si pretendéis entrar en ese templo sin más intención que la de pedir, no seréis recibidos.

Y si tan sólo quisierais entrar para humillaros, tampoco la oración os elevará hasta lo invisible.

O incluso, si sólo lo hacéis para suplicar por el bien de los demás, ni tan siquiera seréis oídos.

Os basta con entrar en el templo.

* * *

Yo no puedo enseñaros a orar con palabras.

Dios no escucha vuestras palabras, salvo cuando Él ha sido el inspirador de vuestros labios.

Yo no puedo enseñaros la oración de los mares, bosques y montañas.

Pero vosotros que habéis nacido en las montañas, bosques y mares, podéis encontrar esa plegaria en vuestro corazón,

Y si escucháis en la quietud de la noche, les oiréis decir en silencio:

«Dios nuestro, hacedor de estos seres alados, hágase en nosotros tu voluntad,

Es tu deseo quien anhela en nosotros.

Es tu impulso quien transforma nuestra noche en día,

Nada te pedimos, porque Tú conoces nuestras necesidades aun antes de que nazcan:

Tú eres nuestra necesidad; y al ofrecerte a nosotros, nos lo has dado todo.

DEL PLACER

Entonces un ermitaño, que visitaba anualmente la ciudad se acercó y le dijo: «Háblanos del Placer».
Y él contestó:
El placer es un canto a la libertad,
Pero no es la libertad.
Es el florecer de vuestros deseos,
Pero no su fruto.
Es el abismo clamando a las alturas,
Pero no es lo bajo ni lo alto.
Es el pájaro enjaulado asiendo sus alas,
Pero no el espacio recluido.
¡Ay!, cuan cierto el placer es un canto a la libertad.
Por supuesto, me gustaría que cantarais con el corazón henchido, sin embargo no quisiera que con este canto perdierais vuestro corazón.

* * *

Hay algo en vuestra juventud que busca el placer como si esto lo fuera todo, y ello será juzgado y reprendido.

Yo no lo juzgaría ni lo reprendería. Dejaría que lo buscarais.

Porque quienes lo buscan encontrarán el placer, pero no sólo esto;

Siete son sus hermanas, y la peor de ellas es más hermosa aún que el placer.

¿No has oído hablar de un hombre que estaba escarbando la tierra para coger raíces, cuando encontró un tesoro?

* * *

Todavía algunos de vuestros ancianos recuerdan con pesar los placeres, como si fueran errores surgidos de una borrachera.

Mas el arrepentimiento es una tormenta de nubes sobre la mente, pero no su castigo.

Ellos recordarían sus placeres con agrado, si éstos fueran como la cosecha del verano.

Sin embargo, si se conforman con el arrepentimiento, dejad que se consuelen con ello.

* * *

Y hay entre vosotros quienes ni son jóvenes para buscar, ni viejos para recordar;

Y con el temor a la búsqueda y al recuerdo, evitan todos los placeres, para no pecar ni desatender el espíritu.

Pero incluso en su renuncia está el placer.

Y así, ellos encuentran también tesoros, aunque sus manos temblorosas escarben para encontrar raíces.

Pero decidme, ¿quién es aquel que puede ofender el espíritu?

¿Es que el ruiseñor ofende la quietud de la noche y las luciérnagas enturbian la luz de las estrellas?

¿Y es que el fuego y el humo son un lastre para el viento?

¿Creéis que el espíritu es un estanque de aguas quietas que podéis turbar con un simple palo?

Casi siempre que os priváis del placer, lo que hacéis no es otra cosa que almacenar el deseo en lo más recóndito de vuestro ser.

¿Quién no sabe que lo que aparentemente es omitido hoy, aguarda para mañana?.

Hasta vuestro cuerpo conoce su herencia y su auténtica necesidad, y no será engañado.

Vuestro cuerpo en el arpa de vuestra alma,

Y está de vuestra mano el arrancar en él una dulce melodía, o sonidos estridentes.

Y ahora os estaréis preguntando para vuestros adentros: «¿Qué haremos para distinguir aquello que en el placer es bueno de lo que es no lo es?».

Id a los campos y a vuestros jardines, y aprenderéis que extraer la miel de las flores es el placer de la abeja.

Pero para la flor, también, ofrecer su miel a la abeja es el placer.

Porque para la abeja, una flor es un manantial de vida.

Y para la flor, una abeja es un mensajero de amor.

Y para ambas, abeja y flor, dar y recibir placer es una neceisdad y un gozo.

* * *

¡Gentes de Orfalese, sed en vuestros placeres como las abejas y las flores!

DE LA BELLEZA

Y un poeta dijo: «Háblanos de la Belleza».
Y él contestó:
¿Dónde buscaréis la belleza y cómo haréis para
encontrarla a menos que ella misma sea vuestra guía
y camino?
¿Y cómo hablaréis de ella a menos que ella sea la
hilandera de vuestras palabras?

* * *

El ofendido y el agraviado dicen: «La belleza es
amable y gentil,
Como una joven madre camina entre nosotros
medio avergonzada de su propia gloria».
Y el apasionado dice: «No, la belleza es una
criatura poderosa y terrible.
Como la tempestad sacude la tierra bajo nuestros
pies y el cielo sobre nuestras cabezas».
Y el cansado y el fatigado dicen: «La belleza es un
lecho de suaves murmullos. Ella habla en nuestro
espíritu.

Su voz apacigua nuestro silencio, como una tenue luz que titila entre el miedo a las sombras».

Pero los inquietos dicen: «Hemos oído sus gritos entre las montañas,

Y con su clamor llegó un crepitar de cascos, y un batir de alas y el rugir de los leones».

Por la noche, los serenos de la ciudad dicen: «Desde Oriente, la belleza se alzará con el alba».

Y al mediodía, los trabajadores y los caminantes dirán: «La hemos visto reclinarse sobre la tierra desde las ventanas del ocaso».

* * *

En invierno dirá quien quedó aprisionado entre la nieve: «Ella vendrá con la primavera, saltando sobre las colinas».

Y en el cálido verano los segadores dicen: «La hemos visto bailando con las hojas del otoño, y vimos sus cabellos cuajados de nieve».

* * *

Todas estas cosas habéis dicho de la belleza,

Pero no habláis de ella, sino de las necesidades insatisfechas,

Y la belleza no es deseo, sino goce.

No es una boca sedienta, ni una mano que se extiende vacía.

Por el contrario, es un corazón inflamado y un alma encantada.

No es la imagen que quisierais ver, ni la canción que quisierais oír,

Sino que es una imagen que veis aunque cerréis

los ojos, y una canción que, aunque taponéis vuestros oídos, seguiréis oyendo.

No es la savia que fluye bajo la rugosa corteza, ni un ala prendida entre garras,

Más bien es un jardín de eterna flor y una bandada de ángeles en eterno vuelo.

* * *

Gentes de Orfalese, la belleza es la vida, cuando la vida desvela su rostro sagrado.

Sólo vosotros sois la vida y el velo.

Belleza es eternidad, eternidad que se contempla en un espejo.

Y sólo vosotros sois la eternidad y el espejo.

«...en vuestros sueños... se oculta la entrada a la eternidad.»

DE LA RELIGION

Y un anciano sacerdote dijo: «Háblanos de la Religión».

Y él dijo:

¿Acaso os he hablado de otra cosa en todo el día?

¿Es que no son religión todos los deseos y los pensamientos?

¿Tampoco lo es acaso, aquello que no es ni deseo ni pensamiento, sino lo prodigioso y sorprendente que siempre reverdece en el alma, aun cuando las manos tallan la piedra y tejen en los telares?

¿Quién puede extender ante sí las horas y decir: «Ésta es para Dios y ésta para mí mismo; Ésta es para mi alma y ésta para mi cuerpo?

Todas vuestras horas son alas que se baten a través del espacio desde un ser hasta su esencia.

Quien viste moralidad como su mejor prenda, mejor estaría desnudo.

El sol y el viento no desgarrarán su piel.

Y quien define su conducta con prejuicios éticos condena su pájaro cantor en una jaula.

El canto más libre no traspasa rejas ni alambradas.

Y aquel para quien la adoración es una ventana que se abre pero que también se cierra, aún no ha visitado el templo de su alma, cuyas ventanas se abren desde el alba hasta el amanecer.

* * *

En la vida diaria ha de estar vuestro templo y vuestra religión.

Siempre que entréis allí llevad con vosotros todo cuanto poseéis.

Coged el arado, la forja, el martillo y el laúd,

Todo cuanto habéis utilizado por necesidad o por deleite.

Ya que con la imaginación no podéis ensalzaros sobre vuestros éxitos, ni envileceros con vuestros fracasos.

Llevad con vosotros a todos los hombres:

Pues en la adoración no podéis volar más altos que sus esperanzas, ni degradaros más allá de su desesperación.

Y si conocierais a Dios, no os dedicaríais, por tanto, a resolver misterios.

Por el contrario, mirad a vuestro alrededor y veréis a Él jugando con vuestros hijos.

Y mirad hacia el cielo, y lo veréis caminando entre las nubes, mientras extiende sus brazos con el relámpago y desciende en lluvia.

Entre las flores Lo encontraréis sonriendo, entonces se levantará y sus manos os saludarán desde los árboles.

DE LA MUERTE

Entonces habló Almitra diciendo: «Ahora quisiéramos preguntarte sobre la Muerte».

Y él dijo:

Conoceréis el secreto de la muerte.

Pero, ¿cómo lo encontraréis si no buscáis en el corazón de la vida?

El búho no puede desvelar el misterio de la luz, porque sus ojos se hallan prendidos de la noche y son ciegos para el día.

Y si verdaderamente queréis contemplar el espíritu de la muerte, abrid vuestro gran corazón a la vida.

Pues la vida y la muerte son una misma cosa, así como el río y el mar son uno.

* * *

En lo más profundo de vuestras esperanzas y deseos, late en silencio vuestro conocimiento del más allá.

Y como semillas que sueñan bajo la nieve, así vuestro corazón sueña con la primavera.

Tened confianza en vuestros sueños ya que en ellos se oculta la entrada a la eternidad.

Vuestro miedo a morir no es más que el temblor del pastor que se halla en presencia del rey cuando éste en su honor va a posar la mano sobre él.

¿No se alegrará el pastor, aunque se haya estremecido, porque él llevará la marca del rey?

Y sin embargo, ¿no es ahora más consciente de su estremecimiento?

* * *

Porque, ¿qué es el morir, sino permanecer desnudos en el viento y fundirnos en el sol?

Y ¿qué es dejar de respirar, sino liberar el aliento de la incesante marea, para que pueda alzarse y expandirse libre de ataduras buscando a Dios?

Sólo cuando bebáis en el río del silencio, cantaréis.

Y cuando hayáis alcanzado la cima de la montaña, entonces se iniciará la subida.

Y sólo cuando la tierra reclame vuestros cuerpos, la danza dará comienzo.

LA DESPEDIDA

Y cayó el atardecer.

Y Almitra, la profetisa, dijo: «Bendito sea este día y este lugar, y bendito sea tu espíritu que ha hablado».

Y él contestó: ¿Fui yo quien habló?, ¿no estuve yo también escuchando?

Entonces él descendió las escalinatas del templo y toda la gente lo siguió. Llegó hasta su barco y subió a la cubierta.

Y volviéndose de nuevo a la multitud, alzó su voz y dijo:

Gentes de Orfalese, el viento me ordena que os abandone.

No estoy tan impaciente como el viento, pero debo partir.

Los vagabundos siempre buscamos el camino más solitario, nunca comienza un día donde habíamos concluido la jornada anterior; y el sol del amanecer no nos encuentra donde nos había dejado al ocaso.

Hasta cuando la tierra duerme, nosotros viajamos.

Somos las semillas de una planta tenaz, y cuando maduramos y llega la plenitud de nuestra corazón, somos entregados al viento y esparcidos.

* * *

Breves fueron mis días entre vosotros, y aún más breves han sido las palabras que he pronunciado.

Sólo si mi voz se desvanece en vuestros oídos, y mi amor desaparece de vuestra memoria, sólo entonces volveré de nuevo,

Y con el corazón enriquecido y los labios aún más suaves para el espíritu, hablaré.

Sí, volveré con la marea,

Y aunque me oculte la muerte y un gran silencio me envuelva, una vez más buscaré vuestra comprensión.

Y mi búsqueda no será en vano.

Si algo he dicho que sea verdad, que la verdad se revele a sí misma con voz más nítida y con palabras aún más familiares a vuestro entendimiento.

* * *

Yo marcho con el viento, gentes de Orfalese, pero no hacia el vacío,

Y si hoy no han sido satisfechas ni vuestras necesidades ni mi amor, dejad que queden como una promesa hasta un nuevo día.

Las necesidades del hombre cambian pero no su amor, ni el deseo de que su amor les dé su satisfacción.

Sabed, por tanto, que desde el silencio más profundo regresaré.

La niebla se disipa al amanecer, dejando sólo escarcha de rocío sobre los campos, luego se elevará embebiéndose en una nube y, finalmente, se precipitará en lluvia.

Y, yo no soy diferente a la niebla.

En la quietud de la noche he caminado por vuestras calles, y mi espíritu ha entrado en vuestros hogares,

El latido de vuestro corazón fue el mío, y sentí vuestro aliento sobre mis mejillas y os conocí por completo.

¡Ay!, supe de vuestra alegría y de vuestro pesar, y mientras dormíais vuestros sueños fueron los míos.

A menudo estuve junto a vosotros como un lago entre montañas.

Fui el espejo que reflejó las cimas y el declive de vuestras laderas, e incluso el paso de vuestros pensamientos y deseos como aves migratorias.

Y como los ríos y los arroyos, llegó hasta mi silencio la sonrisa de vuestros hijos y la esperanza de vuestros jóvenes.

Y cuando alcanzaron el fondo de mi ser, ni los arroyos ni los ríos cesaron de cantar.

Pero algo aún más dulce que la risa y más grandioso que la esperanza vino hacia mí,

Era lo ilimitado que hay en vosotros.

Esa humana proporción de la que sólo sois células y nervios.

Aquel en cuyo canto todas vuestras canciones son sólo un silencio palpitante.

Es en Su inmensidad donde sois grandiosos,

Y contemplándolo es cuando os vi y os amé.

«...*cuando mis alas se extendían bajo el sol, su sombra era una tortuga en la tierra.*»

120

Pues, ¿qué distancia puede alcanzar el amor que sobrepase este vasto universo?

¿Qué visiones, qué expectativas y qué audacia pueden rebasar este vuelo?

Como el gigantesco roble que se cubrió de manzanas en flor, así es el gran hombre que hay en vosotros.

Su fuerza os ata a la tierra y su fragancia os eleva al espacio, y en su longevidad sois inmortales.

* * *

Pero esto no es del todo cierto. Sois igualmente tan fuertes como su más duro eslabón.

Si se os midiera por vuestras más insignificantes acciones, sería como calcular la fuerza del océano en la fragilidad de su espuma.

Si se os juzgara por vuestros fracasos, sería como acusar de inconstancia a las estaciones.

* * *

¡Ay!, vosotros os asemejáis a un océano,

Y aunque los barcos encallaran irremisiblemente y aguarden la pleamar sobre los puntales, a pesar de todo, igual que el océano, no podríais acelerar vuestra marea.

Y también os asemejáis a las estaciones,

Y aunque en vuestra vejez rechacéis la primevera,

Sin embargo, la primavera, que pervive en vosotros, sonríe desde su letargo sin ofenderse.

No penséis que os hablo así para que después comentéis entre vosotros: «Él nos elogió y supo ver lo bueno que hay en nosotros».

Sólo hablo con palabras con las que os podáis conocer.

¿Y qué es la palabra del conocimiento, sino una sombra del conocimiento intuitivo?

Vuestros pensamientos y mis palabras son las olas de una memoria cerrada que guarda el recuerdo de nuestro ayer,

Y de los días remotos en los que aún la tierra ni nos conocía a nosotros ni se conocía a sí misma.

Y de las noches en las que la tierra confusa se atormentaba.

* * *

Los sabios han llegado hasta vosotros para ofreceros su sabiduría. Yo vine para tomarla.

Y he aquí que he hallado aquello que es más grande que la sabiduría:

Es una llama del espíritu que hay en vosotros, prendida siempre y con más fuerza en sí misma.

Mientras vosotros, ajenos a su ardor, lamentáis el lento marchitarse de vuestros días.

Es el vivir buscando la vida en los cuerpos y temiendo la muerte.

* * *

Aquí no hay tumbas.

Las montañas son un peldaño, y las llanuras su plataforma.

Aquí las llanuras son cuna, y las montañas peldaño.

Siempre que paseéis por el campo donde reposan vuestros antepasados, mirad bien a vuestro alrededor y os veréis a vosotros con vuestros hijos bailando mano con mano.

A menudo os divertís sin saberlo.

* * *

También llegaron a otros a quienes por doradas promesas habéis dado sólo riquezas, poder y gloria.

Yo no os he prometido nada, y sin embargo habéis sido más generosos conmigo.

Me habéis dado la más profunda sed del más allá.

Seguramente no hay para ningún hombre mayor don que aquel que transforma sus propósitos en labios resecos y convierte toda su vida en un incesante manantial.

Y en esto estriba mi honor y mi recompensa, que siempre que vengo a beber a la fuente, encuentro sedienta el agua viva,

Y mientras bebo, ella bebe de mí.

* * *

Algunos me habéis considerado orgulloso y esquivo a aceptar regalos.

Soy, de verdad, demasiado orgulloso para recibir un salario, pero no para aceptar regalos.

Y aunque haya comido de los arbustos entre las colinas cuando me habíais hecho un sitio a vuestra mesa,

Y aunque dormí bajo el pórtico del templo cuando con gusto me habríais albergado,

Sin embargo, ¿no fue vuestro amor, quien me cuidó día y noche, y quien preparó el delicioso

123

alimento para mi boca y con placenteras visiones cobijó mi sueño?

* * *

Por esta razón, aún más os bendigo.

Dais mucho y no sabéis que lo dais todo.

La bondad que sólo se contempla a sí misma en un espejo se concierte en piedra,

Y una buena acción que se califica a sí misma con delicadas palabras, termina emparentándose a una maldición.

Y algunos de vosotros me habéis llamado reservado y frío, y habéis dicho que estaba ebrio de mi propia soledad,

También dijisteis: «Él está de acuerdo con los consejos de los árboles del bosque, pero no con los del hombre.

Él se sienta en solitario sobre las colinas y observa nuestra ciudad».

Es verdad que subí a las colinas y caminé por recónditos parajes.

¿Cómo podría haberos visto si no es desde una gran altura o a mucha distancia?,

¿Cómo puede alguien estar realmente cerca sin estar lejos?

* * *

Y hay entre vosotros quienes han acudido a mí y sin palabras han dicho:

«Extranjero, amante de inalcanzables alturas, ¿por qué habitas entre las cumbres donde las águilas construyen sus nidos?

124

¿Por qué buscas lo inalcanzable?
¿Qué tormentas quisieras atrapar con tu red,
Y qué etéreas aves has apresado en el cielo?
Ven y sé como uno más de nosotros.
Desciende de tus alturas y ven a saciar tu hambre
con nuestro pan y apaga tu sed con nuestro vino».
Todo esto me decían desde la soledad de su alma;
Pero si su soledad hubiera sido más profunda,
habrían comprendido que yo sólo buscaba los secretos de vuestra alegría y de vuestro dolor,
Yo sólo iba a la caza del más grande ser que hay en cada uno de vosotros, un ser interior que surca el cielo.
Mas el cazador fue también cazado;
Pues muchas de las flechas salieron de mi arco en busca sólo de mi pecho.
Y quien voló también se hubo de arrastrar;
Porque cuando mis alas se extendían bajo el sol, su sombra era una tortuga en la tierra.
Y yo que creía fui también escéptico.
Ya que a veces necesitaba poner el dedo en mi propia herida para poder creer más en vosotros y comprenderos mejor.

* * *

Y es con esta creencia y este conocimiento que os digo:
Vosotros no sois prisioneros de vuestro cuerpo, ni habéis sido confiados en vuestras casas o en los campos.
Hay algo en vosotros que habita en la montaña y va errabundo con el viento.
No es cualquier cosa que por la colina se arrastra

bajo el sol, ni que para mayor seguridad excave una madriguera en la oscuridad.

Es un espíritu libre, un espíritu que envuelve la tierra y se mueve en el éter.

Si estas palabras son imprecisas, no busquéis aclarar su significado.

Lo etéreo y lo impreciso son el principio de todas las cosas, pero no su final,

Y yo quisiera que me recordarais como un primer momento.

La vida, y todo cuanto vive, son concebidos en la niebla y no entre cristales.

Y sin embargo, ¿quien sólo conoce un cristal, ha disipado la niebla?

* * *

Quisiera que recordarais esto cuando penséis en mí:

Que aquello que parece más débil y perplejo en vosotros es lo más fuerte y resuelto.

¿No es acaso vuestro aliento quien hizo que se irguiera la estructura de vuestros huesos y los fue endureciendo? .

Y ¿no es un sueño que ninguno de vosotros recuerda haber tenido, lo que edificó vuestra ciudad y diseñó todo cuanto en ella hay? .

Si tan sólo pudierais ver el fluir de ese aliento, dejaríais de contemplar todo lo demás,

Y si escucharais el susurro del sueño, no querríais oír ninguna otra voz.

Pero ni oís ni veis, y esto está bien.

El velo que ocultó vuestros ojos ha de ser destapado por las manos que lo tejieron.

Y la arcilla que obstruyó vuestros oídos será horadada por los dedos que la amasaron.

Oiréis y veréis.

Y sin embargo no lamentaréis haber conocido la ceguera, ni sentiréis haber estado sordos.

Pues ese día habréis de conocer el oculto propósito que se esconde en todas las cosas,

Y bendeciréis la oscuridad como lo hicierais con la luz.

* * *

Una vez que hubo dicho éstas, miró a su alrededor y vio al piloto de su nave de pie junto al timón mientras observaba las velas henchidas o escrutaba la distancia.

Y entonces dijo:

Paciente, demasiado paciente, es el capitán de mi barco.

El viento sopla y las velas están inquietas;

Incluso el timón reclama un nuevo rumbo;

Sin embargo, tranquilamente, mi capitán me aguarda en silencio.

Y he aquí a mis marineros, ellos han oído la coral del mar más grandioso, y también me han atendido pacientemente.

Ahora no aguardarán por más tiempo.

Estoy dispuesto.

El arroyo ha arribado a la mar, y una vez más esa gran madre ha cobijado a su hijo contra su pecho.

* * *

¡Quedad con bien, gentes de Orfalese!

Este día ha concluido.

El hoy se ha cerrado completamente sobre vosotros, de igual modo que el nenúfar a la espera de su mañana.

Nosotros mantendremos lo que aquí nos fue dado,

Y si esto no es suficiente, nuevamente acudiremos juntos y juntos estrecharemos nuestras manos hacia el Dador.

No olvidéis que volveré a vosotros.

Un momento más, y mi anhelo será polvo y espuma de otro cuerpo.

Un momento más, cuando se pose el viento, y otra mujer me llavará consigo.

* * *

Adiós a vosotros y a la juventud que pasé a vuestro lado.

Era sólo ayer cuando nos encontramos en un sueño.

Habéis cantado para mí en mi soledad, y yo, en el cielo, he edificado una torre de vuestros anhelos.

Pero ahora nuestro sueño ha desaparecido y nuestra ilusión ha terminado; aún no queda lejos el amanecer.

Ya es mediodía y nuestro somnoliento despertar empieza a estar ocupado, mas nosotros debemos partir.

Si en el crepúsculo del recuerdo volviéramos a encontrarnos una vez más, de nuevo conversaríamos y cantaríais para mí una profunda canción.

Y si nuestras manos volvieran a encontrarse en un nuevo sueño, construiríamos una nueva torre sobre el cielo.

* * *

Diciendo esto, hizo una señal a los marineros, e inmediatamente levaron anclas y soltando las amarras, el barco se alejó hacia el Este.

Y como si surgiera de un solo corazón, la multitud prorrumpió en un grito que se fue alejando hacia el crepúsculo, arrebatado, como el metálico son de una trompeta, sobre la mar.

Sólo Almitra estaba en silencio, oteando incluso después de que el barco se hubiera desvanecido entre la bruma.

Y cuando toda la gente se hubo dispersado, ella permanecía clavada, sobre el dique. recordando sus palabras en silencio,

«Un momento más, cuando se pose el viento, y otra mujer me llevará consigo».

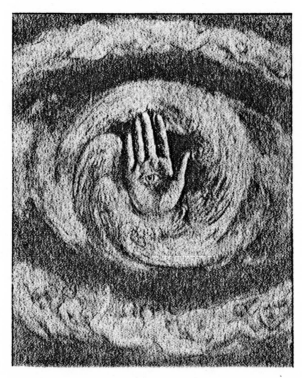

«... si nuestras manos volvieran a encontrarse en un nuevo sueño...»

130

CRONOLOGÍA

1883. Gibrán Jalil Gibrán nació el 6 de diciembre de este año en la ciudad libanesa de Bisharri, cerca de Wadi Qadisha, junto a los «Sagrados Bosques de Cedros». Su madre, Kamileh (Camila), era hija de un clérigo y se casó en segundas nupcias, tras haber enviudado, con Jalil Gibrán, padre del poeta. De su primer matrimonio Camila había tenido un hijo, Pedro, seis años mayor que Gibrán, y, por lo tanto, hermanastro de éste.

1885. Nacimiento de Miriam, primera hermana de Gibrán.

1887. Nace Sultana, segunda hermana del poeta.

1814. Toda la familia Gibrán, excepto el padre, que permanece en Líbano, emigra a Estados Unidos, estableciéndose en el Barrio Chino de Boston.

1897. Gibrán vuelve al Líbano para estudiar en Dar-al-Hikma.

1899. Durante unas vacaciones veraniegas Gibrán

tendrá su primera y fracasada pasión amorosa.

1901. Vuelve a Estados Unidos, pasando previamente por París.

1902. Nuevamente aparece en Líbano, pero en esta ocasión acompañando como guía e intérprete a una familia americana. Sin embargo, ha de regresar urgentemente a Boston al enterarse de la muerte de su hermana Sultana y de que su madre está gravemente enferma.

1903. En marzo de este año muere su hermano Pedro a causa de una tuberculosis, y poco después, en junio, la madre de Gibrán muere por la misma enfermedad. En este ambiente de luto el poeta permanecerá en Boston junto a su hermana Miriam.

1904. En enero de este año el famoso fotógrafo Frederic Holland organiza en su estudio una exposición de dibujos y pinturas de Gibrán. En febrero tiene lugar una nueva exposición de sus pinturas, organizada por Mary Elizabeth Haskell, quien se convertiría en una especie de mecenas del joven creador. Durante esta exposición conoce a Emilie Michel —Micheline—, de quien se enamora y con quien se llega a casar, aunque duró poco tiempo esta relación.

1905. Publica su primer libro en árabe, un poema mítico en prosa titulado *La música*.

1906. Gibrán publica, también en árabe, *Las ninfas de los valles,* un duro ataque contra la Iglesia y el Estado que le valió la fama de rebelde y revolucionario.

1908. Comienza publicando *Espíritus rebeldes* (Al-

132

Armah al-Mutamarridah), obra en la que aboga por una espiritualidad, pero en la que ataca a la Iglesia y a los clérigos. También trabaja en un libro que no llegará a ser publicado; *La filosofía de la religión y la religiosidad* (Falasafat al-Din wa'l Tadayyan).

Mary Haskell convence y ayuda a Gibrán para que vaya a estudiar a París. En la capital francesa acudirá a la Academia Julien y a la Escuela de Bellas Artes. En este período Gibrán entra en contacto con la literatura europea, interesándose especialmente en la obra de William Blake, de cuyo influjo quedará marcado. Entra en contacto con la filosofía alemana, y concretamente con Nietzsche en *Así habló Zaratustra,* pensamiento rastreable aunque no decisivo en su producción.

1909. Continuará con sus estudios en París y se encuentra con un antiguo compañero de Dar al-Hikma, Yusuf al-Hawayik, estudiante de arte. Es la época cubista, aunque nada influirá en Gibrán. Conoce también a Auguste Rodin, quien denominaría al poeta libanés como el «William Blake del siglo XX». Muere el padre de Gibrán en Líbano.

1910. En Londres se encuentra con Amin al-Rihaní y Yusuf al-Hawayik, con quienes elabora un plan para la revitalización de la «patria árabe». Entre los diversos proyectos que trazan está la creación de un edificio para la ópera de dos cúpulas en Beirut que simboliza la reconciliación entre Islam y Cristianismo.

En octubre regresa a Boston y pide en matrimonio a Mary Haskell, diez años mayor que él; sin embargo ella no acepta, pero continúan siendo íntimos amigos.

1911. Gibrán funda «El eslabón de oro» (el-Halqa l-dhahabiyyah), una de tantas sociedades árabes de carácter semipolítico y que aspiraba a la liberación árabe del dominio otomano. Sin embargo, «El eslabón de oro» no fue bien recibido entre emigrantes árabes y tras un primer encuentro quedará disuelto.

1912. Gibrán se traslada de Boston a Nueva York, donde instala su residencia. Publica *Alas rotas* (al-Ajniha'l-Mutakassirah), semiautobiografía en la que venía trabajando desde 1903.

Da comienzo la peculiar relación epistolar entre Gibrán y la escritora libanesa May Ziyadeh —Mayy—, que se continuará hasta la muerte de Gibrán, aunque durante estos largos años de continua e íntima correspondencia no llegaron a encontrarse ni una vez.

1913. Gibrán recopila un buen número de poemas en prosa, si'r mantūr, que habían venido apareciendo desde 1904 en diferentes revistas, publicándose bajo el título general de *Una lágrima y una sonrisa*.

1914. Tiene lugar una exposición de sus pinturas y dibujos en la Galería Montross, de Nueva York.

1917. Se suceden varias exposiciones de Gibrán, así en la Galería Knoedler, de Nueva York, y en la Galería Doll y Richards, de Boston.

1918. Publica *El loco* (The madman), su primera obra escrita en inglés.

1919. Aparece publicada una colección de dibujos

de Gibrán, *Veinte dibujos* (Twenty Drawings), con una introducción de Alice Raphael. En este mismo año Gibrán publica, costeándose él mismo la edición, el poema filosófico *Los cortejos* (al-Mawakib), con ilustraciones del propio autor, considerado por algunos críticos como una de las creaciones más importantes de la poesía árabe y que contiene alguno de sus mejores dibujos.

1920. Publica una colección de relatos breves y poemas en prosa que habían aparecido en varios periódicos entre 1912 y 1918 y que son recogidos bajo el título *La tempestad* (al-'Awasif). Además aparece su segundo libro en inglés, *The Forerunner* (El precursor) y funda, junto a Mijail Naima y otros destacados escritores de la emigración, una sociedad literaria y una revista a las que denominaron «al-Rabita al-Qalamiyya», cuya influencia será decisiva en la posterior literatura árabe.

1921. Publica *Iram la de las columnas* (Irm Daht al-Imad), primera obra mística de tendencia dramática.

1922. Nueva exposición de su obra pictórica.

1923. Publica *Maravillas y novedades,* una colección de retratos de algunos de los más importantes pensadores y poetas árabes (Avicena, Ibn al-Farid, Abu Nuwas, Ibn al-Muqafa, etc.).
En septiembre de este mismo año Alfred A. Knopf le publica *El profeta,* una breve obra escrita en inglés y que se convirtió en el best seller del autor, llegando a ser considerado como el segundo libro más vendido después de *La Biblia.*

1926. Publicación de *Arena y espuma,* un libro de máximas y exhortaciones que en un primer momento fue escrito en árabe y traducido al inglés inmediatamente.

1928. Publica *Jesús, hijo del hombre,* escrito en inglés; es el libro más extenso de Gibrán.

1931. Dos semanas antes de su muerte Gibrán publica *Las divinidades de la tierra.* Murió el 10 de abril en Nueva York tras una larga enfermedad; sus restos mortales fueron trasladados a Líbano, siendo exhumados en el monasterio de Mar Sarkis.

1932. Publicación póstuma de *El vagabundo* (Wanderer).

1933. Barbara Young, poetisa norteamericana, completa y publica el inacabado *Jardín del Profeta,* obra en la que había estado trabajando Gibrán durante los últimos siete años de su vida.

BIBLIOGRAFÍA

OBRAS DE GIBRÁN

Obras en árabe:

Aráis Al-Murúch (Las ninfas de los valles), 1906.
Dama'ah wa Ibtisámah (Lágrimas y sonrisas), Nueva York, 1914.
Al-Arwáh al-Mutamarrida (Espíritus rebeldes), Egipto, 1922.
Al-Muwákib (Las procesiones), Egipto, 1923.

Obras en inglés:

«His Parables and Poems», *The Madman*, Londres, 1919.
«His Parables and Poems», *The Foreruner*, Nueva York, 1920.
The Prophet, Nueva York, 1923.
«A Book of Aphorisms», *Sand and Foam*, Londres, 1927.
«His Words and His Deeds», *Jesus, The Son of Man*, Nueva York, 1928.

137

The Earth Gods, Nueva York, 1931.
«His Parables and Sayings», *The Wandered,* Nueva York, 1932.
The Garden of the Prophet, Londres, 1935.

BIBLIOGRAFIA GENERAL*

'ABBĀS IHSĀN y NAŶM, MUHAMMAD Y., *al-Shi'ar al-Arabi fi al-Mahŷar-America al-Shamālīyab*, Beirut, 1957.

'ABBŪD, MĀRŪN, *Ruwwād al-Nahda al-Hadīthat*, Beirut, 1952.

'ABD AL-NŪR, JABBŪR, «Gibrán wa Lugat al-'Arabiyyah, Al-Hikmah», núm. 8, 1954.

AU MĀDI, ILYA, «Gibrán Taht Mabādi al-Nu' ayma», al-Samīr, núm. 18, 1935.

BENET, WILLIAM ROSE, «Round about Parnassus», Saturday of Literature, Marzo 28, 1931.

BUSTĀNI, BUTRUS AL-, «Al-Dirāsah al-Adabīyah fi Matla'al Qarn al-Ishrīn», Muhādarat al-Nadwah al-Lubnanīyah, vol. II, 1947.

BUSTANI, FU'ĀD, AL-, «Sobre el pensamiento de Gibrán», Al-Mashriq, vol. XXXVII, 1939.

ELRIDGE, PAUL, «Gibran's/Jesus», *Nueva York Evening News,* Nov. 24, 1928.

---

* La mayor parte de la bibliografía ha sido tomada de la que Jalil S. Hawi presenta en su libro *Kahlil Gibran...* ; algunas de las puntuaciones han sido levemente modificadas y algunos de los títulos árabes traducidos. La bibliografía especializada en español es casi nula.

GIBB, H. A. R., «Studies in contemporary Arabic Literature», *Bulletin of the School of Oriental Studies,* vol. IV, 1927-28, vol. V, 1929.

GRUNEBAUN, G. E. VON, *El Islam,* Siglo XXI, vol. II, Madrid, 1979.

HAWI KHALIL, S., *Kahlil Gibran,* Beirut, 1963.

HINDĀWI, JALIL, «Este es el camino del hombre», al-Risālah, vol. III, 1935.

KRATSCHKOVSKY, I., «Die Literatur der arabischen Emigraten in Amerika (1895-1915)», *Le monde oriental,* 21 (1927), pp. 123-193.

MARTÍNEZ MARTÍN, LEONOR, *Antología de la poesía árabe contemporánea,* Austral, Madrid, 1972.

MARTÍNEZ MONTÁVEZ, P., «La escuela siro-americana», Tetuán, 1956.

—, *Introducción a la literatura árabe moderna,* Almenara, Madrid.

NĀ'ŪRI, 'ĪSA, «Entre Gibrán y Nu'ayma», al-Adib, vol. XXIX, 1956.

NAYMI, N., *The Mind and Thought of Khalīl Gibrán. Journal of Arabic Literature,* 1974, pp. 55-72.

NEEDHAM, WILBUR, «A Speaker of Truth», *Seatle Post Intelligence,* Chicago, Nov. 16, 1928.

NIJLAND, C., *Mīkhā'īl Nu'aymah. Promotor of the arabic Literary Revival,* Estambul, 1975.

NU'AYMA, M., *Khalil Gibrán: a Biography,* Nueva York, 1950.

PÉRÈS, HENRI, «Les premières manifestations de la Renaissance littéraire en Orient au XIXe siècle, Nasif al Yaziji et Faris As-Sidyaq», Annales de l'Institut d'Etudes Orientales, vol. I, 1934-5.

RUIZ BRAVO-VILLASANTE, CARMEN, *Llama azul,* Madrid, 1978.

SĀYĪG, TAWLĪQ, *Adwā' ǧadīda 'alā Gibran,* Beirut, 1966.

SUHEIL BUSHRUI, *An Introduction to Kahlil Gibran,* Dar el-
   Mashreq, Beirut, 1970.
TRILLING, LIONEL, «Reflections on a Lost Cause, English
   Literature and American Education», Encounter, vol.
   XI, 1958.
ZUGHBI, AL-JURI ILYAS, «Gibrán Jalil Gibrán», al-Masa-
   rrah, vol. XXV, 1939.